Klarant Verlag

Die gebürtige Ostfriesin ***Sina Jorritsma*** aus der Krummhörn studierte in Hamburg Germanistik und Philosophie, bevor sie wieder in ihre Heimat zurückkehrte. Sie veröffentlicht unter Pseudonym, weil sie ihre Umgebung genau beobachtet und Ereignisse aus ihrem Leben in ihre Geschichten einfließen. Das Romaneschreiben ist ihr kleines Geheimnis, das nur wenige Menschen kennen. Bei einer großen Kanne Ostfriesentee mit Sahne und Kluntjes kann sie halbe Nächte durchschreiben, tagsüber hält sie sich mit Joggen fit. Sina Jorritsma lebt mit ihrer Familie in einem kleinen Ort bei Emden.

**Sina Jorritsma**

# Friesenkugel

## Ostfrieslandkrimi

**Klarant Verlag**

Klarant Verlag, www.klarant.de – www.ostfrieslandkrimi.de
ISBN: 978-3-96586-627-0
1. Auflage 2022
Umschlagabbildung: Klarant Verlag

Printed in the EU.

## Kapitel 1

Kommissarin Mona Sander von der Polizei Borkum hatte eigentlich ihren freien Tag, als sie beinahe über eine Leiche gestolpert wäre. Arbeitsreiche Sommerwochen lagen hinter ihr. Während der wärmsten Zeit des Jahres hatte die beliebte Ferieninsel in der Nordsee besonders viele Übernachtungen zu verzeichnen, und dementsprechend gab es auch für die Ordnungsmacht mehr zu tun.

»Wo Menschen sind, gibt es Verbrechen«, wie Monas lebenserfahrener Kollege Oberkommissar Enno Moll zu sagen pflegte. An diesem Dienstag im September war die Kommissarin jedenfalls wild entschlossen, einen Teil ihrer Überstunden abzubummeln. Ihr Chef Hinrich Oltbeck hatte bereits seinen Segen dazu gegeben. Mona schaute aus dem Fenster ihrer Wohnung in der Walfangerstrate. Die wenigen Schleierwolken am Horizont verzogen sich, es versprach, ein sonniger Tag zu werden. Sie stieg in ihre Joggingklamotten und rannte als Erstes zur Julianenstraße, wo Enno mit seiner Frau Birte in einem kleinen Friesenhaus lebte. Die beiden hatten außerdem seit einiger Zeit Monas Hund als Dauer-Logiergast. Die riesige Dogge war der Kommissarin bei einer Mordermittlung ans Herz gewachsen. Leider eignete sich ihre kleine Behausung nicht für die Haltung eines Hundes, der größer als ein Zwergpudel war. Doch dank ihrer Laufrunden sah sie ihren vierbeinigen Gefährten täglich.

Nachdem sie geklingelt hatte, öffnete Ennos Frau. Sie war genau wie Mona Frühaufsteherin.

»Moin! Ich hab schon gehört, dass mein Göttergatte heute ohne dich auskommen muss.«

»Das wird Enno schon schaffen«, versicherte Mona augenzwinkernd. »Wir haben ja aktuell keinen ungelösten Fall auf dem Schreibtisch – nur ein paar Verhörprotokolle von Taschendieben, die abgeheftet werden müssen.«

Während die beiden Frauen kurz miteinander sprachen, kam Rufus bereits tatendurstig herangestürmt. Die Dogge mit den ausdrucksvollen dunklen Augen verfügte eigentlich über ein sehr ausgeglichenes Temperament. Doch die Freude des Rüden beim Anblick seines Frauchens war jedes Mal grenzenlos. Mona ließ die stürmische Begrüßung lachend über sich ergehen. Dann griff sie zur Leine, verabschiedete sich von Birte und lief mit Rufus an ihrer Seite los. Es war erst sieben Uhr morgens. Die Insel erwachte allmählich aus der Nachtruhe, aber für die meisten Touristen und Kurgäste war es noch zu früh. Normalerweise führte Monas Trainingsrunde am Strand entlang, wo ihr am Spülsaum die Gischt ins Gesicht sprühte und sie den Seewind besonders intensiv auf der Haut spürte. Aber an ihrem freien Tag hatte sie ja mehr Zeit, musste nicht um acht Uhr auf der Polizeiwache erscheinen. Also nahm sie den Weg quer durch das Ortszentrum, von wo aus sie beim Großen Kaap abbiegen und dann bis zum Hoge Hörn laufen wollte. Dies war der Plan. Doch als sie am Inselbahnhof den Georg-Schütte-Platz erreichte, bemerkte sie plötzlich eine leblose Person am Boule-Platz, der sich direkt gegenüber vom Bahnsteig befand.

Natürlich hatte auch der Hund den Reglosen bemerkt und bellte aufgeregt.

»Rufus, Platz!«, ordnete Mona an. Sie hoffte, dass es sich nur um einen Volltrunkenen handelte. Borkum war zwar keine typische Partyinsel, aber auch hier gab es Urlauber, die beim Feiern kein Ende finden konnten und in der Ausnüchterungszelle der Polizeistation landeten.

Sie kniete sich neben den Mann. Er kam ihr bekannt vor, wahrscheinlich handelte es sich um einen Einheimischen. Auf Borkum wohnten zwar nur ungefähr 5000 Menschen ganzjährig, aber Mona kannte längst nicht von allen ihre Namen und Familienverhältnisse. Enno hingegen, der im Gegensatz zu seiner Kollegin auf der Insel geboren und aufgewachsen war, hätte ihr gewiss gleich die ganze Biografie dieser Person erzählen können.

Die Kommissarin tastete nach der Halsschlagader. Einen Puls konnte sie nicht feststellen. Seine Haut fühlte sich kalt an. Er war tot, und zwar nicht erst seit einigen Minuten. Warum war noch niemandem aufgefallen, dass hier eine Leiche lag?

Darüber konnte sie sich später Gedanken machen. Jetzt kam es darauf an, den Körper durch einen Arzt untersuchen und den Todeszeitpunkt sowie die Todesursache feststellen zu lassen. Auf den ersten Blick deutete nichts auf ein Verbrechen hin, äußere Verletzungen konnte Mona nicht entdecken. Es war auch kein Blut zu sehen. Vielleicht hatte der Mann an einer Vorerkrankung gelitten, der er zum Opfer gefallen war. Direkt neben ihm lag eine metallene Boule-Kugel, was an diesem Ort nicht ungewöhnlich war. Sie konnte nach der letzten Partie des Vortags vergessen worden sein. Oder sie hatte etwas mit der Leiche zu tun. Die Kommissarin griff zu ihrem Smartphone und alarmierte den Notarzt. Dann rief sie auf der Dienststelle an.

»Du hast doch heute frei«, sagte Polizeimeisterin Aiske Berend überrascht, als sie Monas Stimme hörte.

»Eigentlich schon, aber am Boule-Platz liegt ein Toter. Schick mir bitte Kollegen vorbei, damit sie den Leichnam abdecken. Vielleicht haben wir es auch mit einem Tatort zu tun, dann muss abgesperrt werden.«

»Alles klar. Grietje und Hinderk patrouillieren durch den Ort, sie kommen gleich zu dir.«

Die Kommissarin bedankte sich und beendete das Telefonat. Sie schaute sich den Toten nun genauer an. Er musste zwischen sechzig und siebzig Jahren alt gewesen sein. Sein graues Haar war kurz geschnitten, und er hatte einen Oberlippenbart. Der schlanke Körper steckte in einer beigen Freizeithose und einem grauen Pullover. Mona presste die Lippen aufeinander, als sie an seiner Hand einen Ehering entdeckte. Sie schätzte es überhaupt nicht, Angehörigen eine Todesnachricht überbringen zu müssen. Doch auch solche Aufgaben gehörten zur Polizeiarbeit.

Eigentlich habe ich ja heute frei, ging es ihr durch den Kopf. Doch kaum war ihr dieser Gedanke gekommen, als sie sich auch schon dafür schämte. Außerdem kannte Mona sich selbst viel zu gut. Gewiss, momentan war sie nur eine Zeugin. Aber sie wollte unbedingt herausfinden, was sich hier ereignet hatte.

Die Sirene des Rettungswagens riss die Kommissarin aus ihren Überlegungen. Das Fahrzeug kam aus Richtung Gartenstraße herangeprescht. Nach einer heftigen Bremsung eilten der Notarzt Dr. Siemers und zwei Sanitäter auf Mona und den Toten zu.

»Ich habe den Mann vor ein paar Minuten gefunden«, berichtete sie dem Mediziner und fragte: »Könnte ich eine Plastiktüte bekommen? Das hier ist vielleicht ein Beweisstück.«

Sie deutete auf die Metallkugel. Der Arzt gab ihr eine Kunststofftüte, in die sie den Gegenstand vorsichtig verpackte. Dann trat Mona zur Seite, um Dr. Siemers in Ruhe arbeiten zu lassen. Nun erschienen auch Polizeimeisterin Grietje Smit und Polizeimeister Hinderk Ekhoff auf der Bildfläche. Die beiden waren an diesem Tag auf Fahrradpatrouille. Grietje bremste heftig, wodurch sie auf dem trockenen

Boule-Platz eine Staubwolke verursachte. Sie musterte die Kommissarin in ihrem Joggingdress von Kopf bis Fuß.

»Kann es sein, dass du ein paar Kilo zugelegt hast, Mona? Im Dienst sieht man dich ja eher selten in so hautengen Klamotten.«

Die Kriminalistin quittierte die freche Bemerkung ihrer jungen Kollegin mit einem breiten Grinsen.

»Das kann schon sein, Grietje. Aber zum Glück hält Rufus mich ja auf Trab.«

Nachdem sie diesen Satz ausgesprochen hatte, stieß sie einen schrillen Pfiff aus. Die Dogge hatte sich zwischen den Gebüschen am Rand des Platzes herumgetrieben und war daher von den Fahrradpolizisten nicht direkt bemerkt worden. Nun rannte Rufus aber sofort auf sein Frauchen zu, woraufhin Grietje hinter Hinderks breitem Rücken in Deckung ging.

»Warum hast du mich nicht vorgewarnt, dass du diese Killerbestie dabeihast?«, zeterte sie. Mona wusste, dass die Polizeimeisterin panische Angst vor Hunden hatte. Da spielte es auch keine Rolle, dass ihr Rüde der harmloseste Zeitgenosse war, den man sich vorstellen konnte.

»Immer mit der Ruhe, ich bringe meinen Liebling gleich wieder zu Birte Moll. Ich schätze, dass ich meinen freien Tag erst einmal verschieben muss«, gab die Kommissarin gelassen zurück. Sie fügte hinzu: »Sobald klar ist, ob sich hier ein Verbrechen abgespielt hat, könnt ihr entweder absperren oder euren Patrouillendienst fortsetzen.«

Grietjes Gesichtsausdruck ließ keinen Zweifel daran, welche Variante ihr lieber gewesen wäre. Hinderk Ekhoff hingegen blieb tiefenentspannt wie immer. Mona hielt Rufus am Halsband fest, obwohl er sowieso nicht auf die Idee gekommen wäre, einfach auf einen Menschen zuzustürmen. Es ging ihr hauptsächlich darum, die Polizeimeisterin wieder zu beruhigen. Der Arzt kam nun auf die Kriminalistin zu und sagte: »Henner Welke ist offenbar durch einen heftigen Schlag oder Stoß gegen den Hinterkopf getötet worden, Frau Sander. Ich würde an Ihrer Stelle von einem Gewaltverbrechen ausgehen.«

»Sie wissen also, um wen es sich handelt?«

»Ja, Herr Welke lebt seit einigen Jahren auf Borkum. Er spielt öfter Boule, unter anderem mit meinem Onkel. Daher ist mir sein Name geläufig«, erklärte der glatzköpfige junge Mediziner.

»Können Sie mir schon etwas zum Todeszeitpunkt sagen?«

»Eine genauere Bestimmung ist erst nach der Obduktion möglich, aber ich würde den Zeitrahmen auf wenige Stunden begrenzen. Meine grobe Einschätzung: Herr Welke muss zwischen Mitternacht und sechs Uhr früh verstorben sein.«

Mona bedankte sich und rief zunächst Enno an. Ihr Kollege war erstaunt, ihre Stimme zu hören: »Moin, ist etwas passiert? Du hast doch heute dienstfrei.«

»Jetzt nicht mehr, das erkläre ich dir gleich. Kommst du bitte gar nicht erst zur Wache, sondern gleich zum Boule-Platz? Hier liegt ein Toter, ein gewisser Henner Welke.«

»Henner ist verstorben?«, vergewisserte der Ostfriese sich verblüfft. Er fügte hinzu: »Ich bin so schnell wie möglich da.«

Er beendete das Telefonat. Mona kam sich seltsam vor, weil außer ihr alle den Toten zu kennen schienen. Sie wandte sich an die uniformierten Polizisten, während sie auf den Leichnam zeigte: »Wisst ihr, wer das ist?«

»Sicher, das ist Henner Welke. – Wann bringst du denn deinen Hund endlich weg?«

Und Hinderk Ekhoff ergänzte: »Manche Borkumer nennen ihn auch den ›Möchtegern-Franzosen‹.«

Die Kommissarin durchforstete ihr Gedächtnis. Ihr wurde klar, dass sie diesen Mann zu seinen Lebzeiten wirklich schon öfter gesehen hatte – entweder beim Boule-Spielen oder mit einem Kaffee im Außenbereich eines Lokals in der Bismarckstraße. War nicht manchmal eine attraktive junge Frau seine Begleitung gewesen?

Sie verschob die Beantwortung dieser Frage auf später und rief zunächst einen Bestatter an. Dr. Siemers stellte bereits den Totenschein aus, medizinische Hilfe kam für Welke zu spät. Die Leiche musste für die Obduktion aufs Festland geschafft werden, und diese Aufgabe übernahm auf der Insel ein Bestattungsunternehmen. Mona bekam die Zusage, dass die sterblichen Überreste des Mannes umgehend abgeholt werden sollten.

Als sie das Telefonat beendet hatte, erblickte sie die imposante Gestalt von Oberkommissar Enno Moll. Ihr Kollege, mit dem gemeinsam sie schon etliche Mordfälle erfolgreich gelöst hatte, kam auf sie zu. Er trug seine übliche Alltagskleidung: Jeans und Lederjacke sowie ein kariertes Hemd, das über seinem imposanten Bauch spannte. Er begrüßte alle Anwesenden, bevor er sich Mona zuwandte: »Du hast dir deinen freien Tag gewiss anders vorgestellt. – Und jetzt müssen wir beide Henner Welkes Todesumstände untersuchen.«

Er deutete auf den Leichnam, der soeben von Hinderk Ekhoff mit einer Plane abgedeckt wurde. Die Kommissarin seufzte und erwiderte: »Es kommt mir so vor, als ob jeder Insulaner das Opfer gekannt hat – nur ich nicht.«

»Mach dir nichts draus, ich kann dir später einiges über den ›Möchtegern-Franzosen‹ erzählen«, versprach der Ostfriese.

Der Notarzt und die Sanitäter verabschiedeten sich. Mona berichtete dem Oberkommissar, was sie bisher in Erfahrung gebracht hatte. Sie hob die Plastiktüte mit der Kugel hoch und meinte: »Ob das hier wohl die Tatwaffe ist? Kann man wirklich einen erwachsenen Mann mit einer Boule-Kugel erschlagen? Dr. Siemers geht jedenfalls von einem starken Schlag oder Stoß als Todesursache aus.«

»Falls die Kugel wirklich als Mordwerkzeug gedient hat, wird sich das durch die Obduktion beweisen lassen«, stellte Enno fest.

Mona nickte und deutete Richtung Bahnsteig, der sich direkt gegenüber vom Boule-Platz befand. Sie sagte: »Ich frage mich, warum niemand vor mir den Leichenfund gemeldet hat. Um 7.15 Uhr fuhr die Inselbahn Richtung Hafen, um die Passagiere zum Katamaran nach Emden zu bringen. Gut, so früh am Morgen sind noch nicht viele Urlauber unterwegs. Aber einige müssen trotzdem dort drüben gewartet haben. Sie hatten einen Panoramablick auf den Toten. Warum ist niemand aktiv geworden?«

Der Oberkommissar musterte den Leichnam und meinte: »Hier ist nirgendwo Blut zu sehen. Man könnte Welke auch für einen Suffkopf halten, der seinen Rausch ausschläft. Außerdem: Sobald der Zug in den Bahnhof eingefahren ist, verdeckt er die Sicht auf den Boule-Platz. Gerade zu dieser frühen Stunde werden die Reisenden erst so spät wie möglich hier erscheinen. Sie stehen gewiss nicht schon um 6 Uhr auf dem Bahnsteig.«

»Aber vom Waggonfenster aus hätten zumindest einige von ihnen die Leiche sehen können«, beharrte Mona.

»Gewiss, aber es hat offenbar niemand etwas unternommen. Über die Gründe können wir nur spekulieren. – Momentan scheint das Interesse ja sehr groß zu sein.«

Mit diesen Worten deutete der Ostfriese auf die Wartenden, die sich nun für den Zug um 8.20 Uhr zur Fähre nach Eemshaven versammelten. Grietjes und Hinderks Polizeiuniformen sowie der mit einer Plane bedeckte Körper hatten die Gafferinstinkte hervorgerufen. Einige Touristen filmten bereits mit ihren Handys. Zum Glück erschien bald der Bestatter, um Welkes Leichnam abzutransportieren. Die Kommissare nahmen inzwischen die Umgebung genauer unter die Lupe.

»Ich gehe davon aus, dass der Mann an Ort und Stelle getötet wurde«, sagte Mona. Sie fuhr fort: »Hier sind keine Schleifspuren zu erkennen. Natürlich wäre es auch denkbar, dass zwei Personen ihn hierher getragen und abgelegt haben. Doch warum hätten sie das tun sollen? Wir befinden uns mitten im Zentrum der Insel. Die Gefahr, dabei von zufällig vorbeikommenden Zeugen bemerkt zu werden, ist viel zu groß.«

»Es passt zu Welke, dass sein Leben ausgerechnet am Boule-Platz gewaltsam beendet wurde«, meinte Enno. »Ich werde dir später mehr über ihn erzählen. Aber jetzt müssen wir erst einmal dem Chef berichten, dass wir einen neuen Mordfall haben.«

»Ich kann es kaum erwarten«, gab Mona seufzend zurück.

## Kapitel 2

Vor der Unterredung mit Dienststellenleiter Hinrich Oltbeck brachte die Kommissarin ihre Dogge schnell zu Birte Moll zurück. Außerdem eilte sie nach Hause, um sich andere Kleidung anzuziehen. Mona war unkonventionell genug, um dem Chef auch im Joggingdress unter die Augen zu treten. Doch wenn sie ihren freien Tag schon sausen ließ, dann wollte sie ihre kriminalistische Arbeit in ihrer normalen Alltagsmontur aufnehmen. Und die bestand momentan aus Jeans, Turnschuhen, einem hellen Baumwollpullover und einem roten Windbreaker. Als sie einige Zeit später in dieser Kleidung auf der Wache eintraf, wurde sie schon von Enno erwartet.

»Oltbeck hat schon mitbekommen, dass es am Boule-Platz einen Leichenfund gab«, erklärte der Oberkommissar und fügte hinzu: »Er ist ganz aus dem Häuschen.«

»Kann ich mir vorstellen«, sagte Mona trocken. Sie hatte ihre Probleme mit dem Vorgesetzten, obwohl das Verhältnis zu ihm inzwischen besser war als noch vor einigen Jahren. Dies lag einfach an ihren höchst unterschiedlichen Charakteren: Die rotblonde Ermittlerin neigte zu unbedachten Worten und heftigen Temperamentsausbrüchen, während ihr Chef sich durch Fantasielosigkeit und Paragrafenreiterei auszeichnete. Da waren Konflikte einfach vorprogrammiert.

Die beiden betraten Oltbecks Büro. Der glatzköpfige Hauptkommissar warf Mona einen so vorwurfsvollen Blick zu, als ob sie Henner Welke umgebracht hätte.

»Das ist ja nicht sehr erfreulich, was Ihnen an Ihrem freien Tag so passiert, Frau Sander.«

»Ich versuche mir das Leichenfinden abzugewöhnen«, antwortete Mona. Sie fand selbst, dass ihre Erwiderung ziemlich frech klang. Also fügte sie schnell in möglichst sachlichem Tonfall alles hinzu, was sie und ihre Kollegen während der kurzen Zeit schon in Erfahrung gebracht hatten. Dies schien Oltbeck milde zu stimmen: »Nun, da gibt es doch zumindest einen Ermittlungsansatz. Leiten Sie die Metallkugel bitte umgehend an das kriminaltechnische Labor in Oldenburg weiter. Wenn wir Glück haben, befinden sich die Fingerabdrücke des Täters auf dem Beweisstück.«

*Welcher Mörder ist schon so dämlich und lässt die Mordwaffe neben dem Opfer liegen?* Diesen Einwand schluckte Mona schnell herunter, bevor sie ihn aussprechen konnte. Erstens war noch keineswegs gesagt, dass Welke durch die Kugel ums Leben gekommen war. Und zweitens konnte es tatsächlich gute Gründe dafür geben, die Kugel neben dem Toten zu platzieren. Der Täter konnte gestört worden sein – oder er hatte Handschuhe benutzt und wollte den Verdacht auf die Person lenken, deren Fingerabdrücke auf dem Metallball nachgewiesen werden konnten.

»Wir werden jetzt der Witwe die Todesnachricht überbringen«, kündigte der Ostfriese an, »vielleicht hat sie ja schon einen konkreten Verdacht.«

»Ja, die Witwe … sie ist doch wesentlich jünger als Welke, wenn ich das richtig sehe«, murmelte Oltbeck nachdenklich. »Vielleicht hat sie ja einen Verehrer, der den Ehemann aus dem Weg schaffen wollte … oder sie ist selbst in das Verbrechen verwickelt … bitte gehen Sie mit äußerster Diskretion vor.«

Mona war nicht verwundert, weil ihr Vorgesetzter offenbar Vorbehalte gegen Ehen mit großem Altersunterschied hatte. Vielmehr erschütterte es sie, dass offenbar auch Oltbeck das Opfer kannte und auch über dessen Familienverhältnisse informiert war. Die Kommissarin kam sich vor, als würde sie selbst mit Scheuklappen über die Insel taumeln. Dass sie selbst Welke auch schon mal in Gesellschaft einer hübschen jungen Frau gesehen hatte, war nur ein schwacher Trost.

»Befragen Sie auch die anderen Herren, mit denen der ›Möchtegern-Franzose‹ Boule gespielt hat«, ordnete Oltbeck an. »Diese Clique trifft sich doch mehrmals pro Woche. Es würde mich nicht wundern, wenn Sie in diesem Spielerkreis mehr über ein mögliches Mordmotiv erfahren können.«

»Einen Raubmord können wir ausschließen«, warf Enno ein. »Ich habe die Taschen des Toten durchsucht, bevor er abtransportiert wurde. Welke hatte sowohl seine Brieftasche als auch seine Uhr und Kreditkarten sowie Bargeld bei sich.«

»Was ist mit dem Handy?«, fragte Oltbeck.

»Er hatte eins in der Tasche, allerdings war der Akku leer.«

Der Chef sagte: »Finden Sie den Schuldigen so schnell wie möglich. Ein eiskalter Mord mitten im Ortskern ängstigt die Menschen und muss umgehend aufgeklärt werden. Geben Sie Bescheid, falls Sie Unterstützung benötigen.« Mit diesen Worten beendete er die kurze Besprechung.

Mona schaute ihren Kollegen von der Seite an, als die beiden auf den Hof der Polizeistation traten. Enno wollte offensichtlich den Dienstwagen nehmen, um zu der Witwe zu gelangen.

»Wahrscheinlich weißt du auch, wo Welke gewohnt hat.«

»Ja, an der Kaapdelle.«

»Ich komme mir richtig doof vor, weil ihr alle schon so viel über das Opfer wisst«, gestand die Kommissarin. »Sogar Oltbeck kannte diesen Spitznamen des Toten.«

Der Ostfriese lächelte und sagte: »Nimm es nicht so schwer, Mona. Wenn du jemals mit Welke geredet hättest, dann wüsstest du, warum die Borkumer ihn als ›Möchtegern-Franzosen‹ bezeichneten. Er war vor seiner Pensionierung Studienrat und lehrte Französisch, Latein und Sport an einem Gymnasium. Auch seine Gewohnheiten waren *à la française*. Er trank grundsätzlich nur *Café au Lait* und Rotwein und solche Sachen. Und Welke sprach mit einem leichten französischen Akzent. Ich weiß nicht, ob er das tat, um auf die Sahne zu hauen, oder ob er es sich durch seine jahrzehntelange Lehrtätigkeit so angewöhnt hat.«

»Nun verstehe ich auch, warum er Boule gespielt und nicht gekegelt hat«, meinte die Kriminalistin. »Für mich klingt das nach einem etwas überkandidelten Typen. Wieso hast du ihn so gut gekannt? Ich kann mir nicht vorstellen, dass so ein bodenständiger Inselfriese wie du allzu viel mit *Monsieur Paris* anfangen konnte.«

»Nee, das hast du richtig erkannt«, bestätigte Enno lächelnd. »Du weißt doch, dass Birte im Kirchenchor singt – und da habe ich ihr mal beim Weihnachtsbasar geholfen. Bei der Gelegenheit lernte ich den Herrn kennen, der sich lang und breit über französische Festtagsgebräuche ausgelassen hat.«

»Ein Thema, das dich natürlich brennend interessiert«, sagte Mona augenzwinkernd. »Was für ein Glück, dass ich zu der Zeit bei meiner Mutter auf dem Festland war.«

Der Ostfriese erwiderte: »Ja, dieser Kelch ist an dir vorbeigegangen. – Nein, ernsthaft: Einige unserer Mitbürger hielten Welke gewiss für einen eitlen Selbstdarsteller. Aber das heißt noch lange nicht, dass ihm jemand den Tod gewünscht hat.«

Seine Kollegin ergänzte: »Jedenfalls nicht ohne einen triftigen Grund.«

Während sie miteinander sprachen, fuhren die beiden zur Kaapdelle. Das war eine ruhige Wohnstraße, die sich nicht weit vom

Strand und vom Großen Kaap entfernt befand. So wurde die Osterems-Bake genannt, die auf einer neun Meter hohen Düne stand und in früheren Zeiten zusammen mit dem Kleinen Kaap und dem Alten Leuchtturm als Navigationshilfe für die Schifffahrt gedient hatte.

Enno brachte das Auto vor einem schmucken weiß gekalkten Haus zum Stehen, dessen Fassade teilweise mit Kletterrosen bewachsen war.

»Wirklich nett«, meinte Mona, während sie das Gebäude musterte. »Als pensionierter Studienrat scheint man keine Geldsorgen zu haben.«

»Vielleicht hat seine Frau ja noch Geld in die Ehe eingebracht«, vermutete der Oberkommissar.

»Hast du sie bei dem Kirchenbasar auch kennengelernt?«

»Nein, sie war nicht dort«, erwiderte Enno. Er betätigte nun den altmodischen Klingelzug. Es dauerte nicht lange, bis den Ermittlern geöffnet wurde. Mona führte sich vor Augen, dass Welke mindestens einige Stunden tot am Boule-Platz gelegen haben musste. War er von seiner Gattin gar nicht vermisst worden? Auf jeden Fall musste sie morgens allein aufgewacht sein. Ob sie sich gar nicht um ihn gesorgt hatte? Jedenfalls wirkte sie nicht beunruhigt, als sie den Kriminalisten die Tür öffnete.

Mona erkannte die Blonde sofort wieder. Es war die Frau, die die Kommissarin ein oder zwei Mal zusammen mit dem »Möchtegern-Franzosen« vor einem Lokal in der Bismarckstraße sitzen gesehen hatte. Die Gattin des Mordopfers war schätzungsweise eins siebzig, also um einiges größer als die nur eins dreiundsechzig messende Kommissarin. Das hellblonde lockige Haar reichte bis zu ihren Schultern. Sie trug einen bequemen grauen Hausanzug aus Frotteestoff und war nicht geschminkt.

»Moin, was kann ich für Sie tun?«, fragte sie mit einem freundlichen Lächeln auf den Lippen.

»Moin, ich bin Oberkommissar Moll. Das ist Kommissarin Sander. – Sie sind Frau Welke?« Enno zeigte seinen Dienstausweis, während er sprach.

»Ja, ich bin Juliane Welke. – Was will die Polizei von mir?«

Die Blonde klang nur leicht beunruhigt, wie Mona fand. Ob das daran lag, dass sie den Besuch von Ordnungskräften bereits erwartet hatte?

»Das möchten wir gern im Haus mit Ihnen besprechen«, sagte die Kommissarin.

Juliane Welke nickte und trat zur Seite. Sie sagte: »Ja, selbstverständlich. Folgen Sie mir bitte.«

Sie ging voraus und führte die Ermittler in die modern eingerichtete Küche, wo sie offenbar gerade beim Frühstück gesessen hatte. Auf dem Tisch befand sich ein Brettchen, auf dem ein mit Quark und Marmelade bestrichenes Knäckebrot lag. Eine große Tasse stand ebenfalls dort, es duftete nach Kaffee. Einige gerahmte Fotografien bildeten den Wandschmuck. Auf ihnen waren die Fassaden von berühmten Pariser Restaurants zu sehen. Welke hatte sein Frankreich-Faible offenbar sehr konsequent verfolgt. Mona beschloss, sofort mit der Hiobsbotschaft herauszurücken. Zwar war sie sicher, dass Enno ihr diese Aufgabe ansonsten abnehmen würde – aber immerhin war sie es ja gewesen, die den Toten gefunden hatte. Sie schaute Juliane Welke direkt in die Augen und sagte: »Wir müssen Ihnen leider mitteilen, dass Ihr Ehemann nicht mehr lebt. Er ist vermutlich einem Gewaltverbrechen zum Opfer gefallen.«

Die Kommissarin fand selbst, dass ihre Stimme in diesem Moment metallisch klang. Es gab einfach keine ideale Möglichkeit, eine so schockierende Neuigkeit zu überbringen. Juliane Welke schien jedenfalls von ihren Worten völlig überrumpelt worden zu sein. Die Witwe öffnete den Mund, sagte aber nichts. Ihre Unterlippe begann zu zittern. Gleich darauf rannen die ersten Tränen über ihre Wangen. Sie ließ sich auf einen Stuhl fallen und verbarg ihr Gesicht hinter den Handflächen. Juliane Welke schluchzte, ihre Schultern zuckten. Die Kommissare blieben stehen. Mona konnte Enno ansehen, dass ihm die Situation genauso unangenehm war wie ihr selbst. Doch jetzt gab es kein Zurück mehr. Die Kriminalistin wartete, bis sich die junge Frau einigermaßen beruhigt hatte. Dann reichte sie ihr ein Papiertaschentuch. Juliane Welke schnäuzte sich.

»Danke, Frau Sander. – Wenn man einen älteren Ehemann hat, rechnet man insgeheim damit, dass er vor einem selbst stirbt. – Aber doch nicht, dass er ermordet wird!«

»Wir bedauern Ihren Verlust zutiefst«, versicherte der Oberkommissar. »Fühlen Sie sich dazu in der Lage, einige Fragen zu beantworten?«

Juliane Welke putzte sich erneut die Nase und trocknete ihre Tränen. Sie antwortete: »Ja, selbstverständlich. Ich will, dass dieser feige Mörder sich für seine Tat verantworten muss!«

»Gibt es jemanden, dem Sie den Mord an Ihrem Ehemann zutrauen würden? Hatte er Feinde? Fühlte er sich bedroht?«, wollte Mona wissen.

Die Witwe schüttelte den Kopf, noch während die Kommissarin sprach. »Nein, auf gar keinen Fall. Henner war der friedlichste Mensch, den Sie sich vorstellen können. Er hatte mit niemandem Streit, noch nicht mal beim Boulespielen. Wenn Henner verlor, dann akzeptierte er dies wie ein Gentleman. Und von seinen Siegen machte er nicht viel Aufhebens.«

»Ich habe Ihren Mann heute Morgen am Boule-Platz gefunden. Wissen Sie, ob er dort mit jemandem verabredet war?«

»Nein, Frau Sander. Das kann ich Ihnen leider nicht sagen. Ich habe Henner heute noch nicht gesehen.«

Erneut füllten sich ihre Augen mit Tränen, das Gespräch stockte. Einige Zeit später schob Mona eine Frage nach: »Nach Einschätzung des Arztes ist Ihr Mann zwischen Mitternacht und sechs Uhr früh ums Leben gekommen. Haben Sie ihn gar nicht vermisst? Sie haben offenbar allein gefrühstückt, als mein Kollege bei Ihnen klingelte?«

Juliane Welke antwortete: »Henner und ich haben getrennte Schlafzimmer. Ich leide unter Migräne, und am gestrigen Abend ging es mir überhaupt nicht gut. Da hilft bei mir nur Ruhe und Dunkelheit. Also zog ich mich in mein Schlafzimmer zurück. Daher kann ich Ihnen auch nicht sagen, wann mein Mann das Haus verließ. Als ich ihn vorhin wecken wollte, war sein Bett schon gemacht.«

Mona horchte auf und hakte nach: »Also können Sie nicht mit Bestimmtheit wissen, ob er die Nacht überhaupt daheim verbracht hat?«

Diese Frage schien die junge Witwe zu überraschen. Sie runzelte die Stirn und murmelte: »Jetzt, wo Sie es sagen … Henner ist – war – ein sehr ordentlicher Mensch. Er pflegte sein Bett immer sofort zu machen, wenn er aufgestanden war und gelüftet hatte. Es wäre theoretisch möglich, dass er die Nacht anderswo verbracht hat. Aber warum hätte er das tun sollen?«

Das wüsste ich auch gern, dachte Mona. Sie sagte: »Ich muss Sie das fragen – halten Sie es für möglich, dass Ihr Ehemann eine Affäre hatte?«

Juliane Welke rang nach Luft. Sie war sichtlich darum bemüht, nicht die Beherrschung zu verlieren. Mit erzwungener Ruhe entgegnete sie: »Ich verstehe, dass Sie in Ihrem Beruf solche Dinge in Erfahrung bringen müssen. Darum fasse ich Ihre Frage nicht als Beleidigung auf. – Nein, Henner hat mich nicht betrogen. Außerdem bin ich selbstbewusst genug, um meine eigene Attraktivität richtig einschätzen zu können. Ich will nicht arrogant klingen – aber warum sollte ein Mann fremdgehen, der mit mir verheiratet ist?«

Das klingt tatsächlich eingebildet, dachte die Kommissarin. Trotzdem musste sie der Witwe in der Sache recht geben. Mona konnte sich vorstellen, dass Juliane Welke auf viele Kerle äußerst anziehend wirkte. Wenn man die Dinge allerdings aus anderer Perspektive betrachtete, konnte ihr gutes Aussehen ein Mordmotiv darstellen. Auch Ennos Überlegungen schienen in diese Richtung zu gehen. Er bemerkte: »Meine Kollegin wollte Ihnen nicht zu nahe treten. Sie haben aber selbst einen wichtigen Punkt angesprochen: Gibt es vielleicht einen heimlichen Verehrer, der es auf Sie abgesehen hat und der Ihren Gatten deshalb aus dem Weg räumen wollte?«

Diese Vorstellung schien Juliane Welke zu erschüttern. Offenbar war sie selbst noch nicht darauf gekommen. Es dauerte einen Moment, bis sie antworten konnte: »Ja, den gibt es tatsächlich. Henner spielt gelegentlich mit ihm. Ich habe meinen Mann öfter am Boule-Platz abgeholt, aber dieser unverschämte Mitspieler zieht mich jedes Mal mit seinen Blicken beinahe aus. In letzter Zeit mache ich deshalb einen Bogen um diesen Ort, wenn ich weiß, dass dieser Kerl dort ist.«

»Kennen Sie den Namen der Person?«, wollte Mona wissen.

»Er heißt Menard Dottum.«

Die Kommissarin konnte mit dem Namen etwas anfangen, obwohl sie die Zusammenhänge nicht sofort erkannte. Doch nach kurzem Nachdenken fiel es ihr ein: Grietje hatte diesen Mann vor einigen Wochen beiläufig erwähnt. Mona nahm sich vor, ihre sommersprossige Kollegin später darauf anzusprechen. Und falls es sich bei Dottum um einen alteingesessenen Borkumer handelte, konnte Enno ihr garantiert ebenfalls etwas über ihn erzählen. Nun hakte sie zunächst nach: »Hat er Sie belästigt?«

»Nicht direkt, falls Sie seine lüsternen Blicke ausklammern, Frau Sander. Wenn er mich angefasst hätte, wäre ich schon zur Polizei gegangen. Ich habe auch mal meinen Ehemann auf Dottum angesprochen, aber Henner hielt diesen Typen für eine Witzfigur. Er lachte und sagte zu mir, dass Dottum doch nur ein armes Würstchen sei. Trotzdem ist es mir unangenehm, so angestarrt zu werden. Also versuche ich, diesem Mann aus dem Weg zu gehen.«

Welke hatte also offensichtlich Dottum nicht für voll genommen. Ob er auch seinem Boule-Mitspieler gegenüber durchblicken ließ, dass er ihn für eine halbe Portion hielt? Falls das so war, konnte ein Mordmotiv dadurch nur noch verstärkt worden sein. Es war aus Dottums Sicht gewiss schon frustrierend genug, dass die schöne Juliane für ihn unerreichbar war. Doch wenn deren Ehemann ihn auch noch auslachte und ihn seine Verachtung spüren ließ, konnte dadurch das Fass zum Überlaufen gebracht worden sein.

Während der Kommissarin diese Überlegungen durch den Kopf gingen, wandte sich ihr Kollege wieder an die Witwe: »Wir werden diesem Hinweis auf jeden Fall nachgehen, Frau Welke. – Könnten Sie uns bitte das Schlafzimmer Ihres Mannes zeigen? Wir müssten uns vergewissern, ob der Täter beispielsweise sein Smartphone mitgenommen hat. Bei der Leiche haben wir so ein Gerät nicht finden können.«

Juliane Welke lächelte traurig und erwiderte: »Henner war in der Hinsicht etwas altmodisch. Er besaß überhaupt kein Smartphone, sondern nur ein altes Handy, mit dem man nur telefonieren und Textnachrichten schreiben kann. – Kommen Sie bitte mit, ich zeige Ihnen den Raum.«

Sie ging voraus und führte die beiden ins erste Stockwerk, wo sie eine Tür unmittelbar neben der Treppe öffnete. Mona war beim Aufstieg in die erste Etage aufgefallen, dass selbst ihr schwergewichtiger Kollege sich fast völlig lautlos auf den Stufen hatte bewegen können. Welke hätte sich also davonschleichen können, ohne von seiner Frau bemerkt zu werden. Dies erschien nun glaubhaft – vorausgesetzt, dass die Witwe die Wahrheit gesagt hatte. Momentan gab es für die Kommissarin allerdings keinen Grund, an ihren Worten zu zweifeln. Mona betrat nun den Raum und fühlte sich sofort nach Südfrankreich versetzt. Die weiß gestrichenen Holzmöbel und das Bett mit der Patchwork-Tagesdecke verbreiteten ihrer Ansicht nach Mittelmeer-Atmosphäre. Dazu trugen gewiss auch die großen gerahmten Farbfotos an den weißen Wänden bei, auf denen die Cote d'Azur mit ihren Stränden, palmengesäumten Strandboulevards und Luxushotels gezeigt wurde.

Borkum scheint nicht Welkes Sehnsuchtsort gewesen zu sein, dachte sie. Es stellte sich die Frage, warum das Mordopfer hierher gezogen war. Als Studienrat mit einer guten Altersversorgung hätte er überall leben können – sogar in einem der etwas weniger teuren Orte an der französischen Mittelmeerküste.

Zumindest die Frage nach dem Handy beantwortete sich von selbst, denn das Gerät lag mit einem Ladekabel verbunden auf dem Nachtschrank. Mona vergewisserte sich, dass es sich um das einzige Telefon des Mordopfers handelte. Juliane Welke erwiderte: »Ja, ein anderes Mobilgerät besaß mein Mann nicht. Wir haben natürlich noch einen Festnetzanschluss.«

»Fehlt denn etwas?«, erkundigte der Oberkommissar sich.

Die Witwe zeigte auf eine Ecke: »Dort liegt normalerweise immer sein Set von Boule-Kugeln. Henner wird es mitgenommen haben. Und ansonsten … ich müsste nachschauen …«

Mit diesen Worten öffnete Juliane Welke nacheinander mehrere Schubladen des großen Schranks, der gegenüber vom Bett stand. Schließlich machte sie noch ein weiteres Fach auf, woraufhin sie zusammenzuckte. Sie verharrte in der Bewegung, als ob sie plötzlich schockgefroren wäre. Diese Reaktion entging Mona natürlich nicht.

»Was ist geschehen, Frau Welke?«

Die Witwe drehte im Zeitlupentempo ihren Kopf zu der Kommissarin.

»Die Münzsammlung meines Mannes … sie ist fort, er muss sie mitgenommen haben.«

»War sie wertvoll?«

»Henner sagte immer, dass sie mindestens 20.000 Euro bringen würde. – Denken Sie, dass er deshalb sterben musste?«

## Kapitel 3

Für einen Moment herrschte Stille, wenn man von dem Wind absah, der vor dem Fenster in den Bäumen rauschte. Außerdem konnte man in etwas weiterer Entfernung die Möwen kreischen hören, da das Fenster in Kippstellung stand. Das war ein Geräusch, das man auf der Nordseeinsel nach einiger Zeit kaum noch bewusst wahrnahm. Zumindest ging es Mona so.

Sie stellte sich vor, wie Welke irgendwann vor Mitternacht dieses Zimmer verlassen hatte, wobei er seine Boule-Kugeln und die Münzsammlung mit sich führte. Aus welchem Grund? Wollte er vielleicht mitten in der Nacht eine Partie seines geliebten Kugelspiels beginnen? Ob die Münzen als Wetteinsatz gedient hatten? Sie ermahnte sich, keine voreiligen Schlüsse zu ziehen.

»Kam es öfter vor, dass Ihr Mann nachts zum Boulen aufbrach?«, wollte sie wissen.

»Nein, obwohl ich das nicht mit absoluter Sicherheit sagen könnte. Gelegentlich knüppelt mich meine Migräne nieder, und dann bekomme ich nicht mit, was Henner während dieser Zeit tut. Aber die Lichtverhältnisse am Boule-Platz sind doch nach Einbruch der Dunkelheit ziemlich schlecht, oder? Ich kann mir nicht vorstellen, dass sich dann eine Partie gut über die Bühne bringen lässt.«

»Und die Kugeln könnten sich nicht irgendwo anders im Haus befinden?«, fragte Enno nach.

»Das glaube ich nicht«, lautete die Antwort. »Henner war ein Gewohnheitsmensch. Die Kugeln haben stets in dieser Ecke gelegen.«

»Sie müssten den Toten identifizieren, falls Sie sich dazu jetzt in der Lage fühlen«, sagte Mona. Die Kriminalistin wollte dies erledigen und die Witwe danach erst einmal in Ruhe lassen. Es würden sich gewiss später noch weitere Fragen ergeben. Juliane Welke presste die Lippen aufeinander, nickte dann aber.

»Ja, das wird sich wohl nicht vermeiden lassen. – Warten Sie bitte hier, ich ziehe mich schnell um.«

Mit diesen Worten ließ sie die Kommissare im Schlafzimmer ihres Ehemanns allein und schloss die Tür von außen. Die beiden unterhielten sich leise miteinander.

»Du kennst diesen Menard Dottum bestimmt, Enno.«

»Mit dieser Vermutung liegst du richtig. Menard ist ein Frührentner. Er hat in Emden auf einer Werft gearbeitet, wo er einen schweren Arbeitsunfall erlitt, und seitdem bezieht er Frührente. Ich habe gehört, dass es vorher eine richtige Gutachterschlacht vor Gericht gab. Wenn man ihm im Ort begegnet, dann wirkt er nicht körperlich eingeschränkt.«

»Manche Leiden sind den Menschen nicht auf den ersten Blick anzusehen«, gab seine Kollegin zu bedenken.

Der Ostfriese erwiderte: »Das stimmt, und letztlich hat er ja seine Verrentung auch vor Gericht erstreiten können. – Die viele Freizeit scheint ihm jedenfalls nicht gut zu bekommen, denn er gilt als schwieriger Typ, der seinen Mitmenschen gern die Zähne zeigt.«

»Und trotzdem spielen die anderen Männer Boule mit ihm?«

»Vielleicht reißt er sich ja bei dieser Gelegenheit zusammen, was weiß ich«, vermutete Enno. Er fuhr fort: »Menard wohnt bei seiner Tante an der Reedestraße. Sie muss jetzt schon über neunzig sein. Vermutlich spekuliert er darauf, ihr Haus zu erben. Es gibt keine anderen lebenden Verwandten, soweit mir bekannt ist.«

»Das klingt nicht so, als ob Menard Dottum akute Geldsorgen hätte«, sagte Mona. »Er bekommt seine Rente und wohnt bei Tantchen garantiert mietfrei.«

Der Oberkommissar machte eine unbestimmte Handbewegung und widersprach: »Da wäre ich mir nicht so sicher. Das Haus ist in einem schlechten Zustand, es braucht dringend ein neues Dach. Dieser Gedanke kommt mir jedes Mal, wenn ich dort vorbeifahre. Aafke – so heißt die Tante – kann sich die Reparatur offenbar nicht leisten. Jedenfalls muss bald etwas geschehen, sonst schneit es ihnen im nächsten Winter in den Tee.«

»Das wäre zumindest ein Motiv, um Welke zu bestehlen«, stellte Mona fest, »aber aus welchem Grund hätte der ›Möchtegern-Franzose‹ die Münzsammlung überhaupt nachts spazieren führen sollen?«

Enno ergänzte: »Hinzu kommt, dass der Täter offenbar nicht an Welkes Bargeld und Kreditkarten interessiert war. Das passt nicht zusammen.«

Bevor er noch mehr sagen konnte, betrat die Witwe wieder den Raum. Sie trug nun einen dunkelblauen Hosenanzug mit ausgestellten Hosenbeinen, schwarze Pumps und einen dunkelgrauen Baumwollpullover mit Rollkragen.

»Richtige Trauerkleidung werde ich mir erst noch besorgen müssen«, meinte sie mit zitternder Stimme. »Ich hatte nicht damit gerechnet, da Henner bei guter Gesundheit war …«

Ihre Augen wurden feucht, aber gleich darauf hatte sie sich wieder in der Gewalt. Die Ermittler fuhren mit Juliane Welke zum Fährhafen, wo der Bestatter den Leichnam in einem Lagerraum deponiert hatte. Später sollte der Tote aufs Festland geschafft werden. Enno warf der Witwe einen prüfenden Blick zu und schlug dann die Plane zurück.

»Ja, das ist Henner«, flüsterte sie.

Als Juliane Welke wieder in ihrem Haus an der Kaapdelle war, bat Mona sie um ihre Mobilfunknummer. Im Gegenzug gab sie der Witwe eine ihrer Visitenkarten und versicherte, dass sie jederzeit mit ihr Kontakt aufnehmen könnte.

»Wir melden uns bei Ihnen, sobald es etwas Neues gibt. – Kann sich jemand um Sie kümmern?«, fragte die Kriminalistin.

»Ich habe eine gute Freundin, mit der ich gleich Kontakt aufnehmen werde. Sie heißt Silke Koch und wohnt in der Nachbarschaft«, lautete die Antwort. Die Kriminalisten verabschiedeten sich und fuhren direkt zur Reedestraße weiter. Das Haus von Dottums Tante befand sich in der Nähe vom Discounter. Mona fand, dass ihr Kollege mit seiner Einschätzung recht gehabt hatte. Das Haus sah wirklich stark renovierungsbedürftig aus. Nachdem die beiden aus dem Auto gestiegen waren, klingelte Enno zunächst Sturm und wummerte dann mit seiner mächtigen Faust gegen die Tür.

»Es bringt nichts, Aafke ist stocktaub«, meinte er. »Lass uns anderswo nach Menard Ausschau halten.«

»Und wenn er daheim ist und einfach nicht aufmacht?«

»Das wäre natürlich auch möglich, Mona. Aber ich kenne den Vogel. Ihn hält es tagsüber nicht im Haus seiner Tante. Ich wette, dass er irgendwo über die Insel stromert.«

»Und wenn du ihn anrufst?«

»Menard hat kein Handy, soweit ich weiß«, erwiderte der Ostfriese. Er fügte hinzu: »Das macht aber nichts. Ich weiß, wo Menard üblicherweise anzutreffen ist.«

Die Ermittler fuhren ins Ortszentrum zurück, wo Enno den Dienstwagen wieder hinter der Polizeiwache parkte. Er schaute auf die Uhr und sagte: »Ah, die Spielbank hat schon geöffnet.«

»Willst du dein bescheidenes Gehalt verzocken?«, fragte Mona augenzwinkernd.

Er antwortete: »Nee, aber Menard geht gern dorthin.«

Auf Borkum gab es eine kleine Spielbank, die sich unmittelbar neben dem Inselbahnhof befand. Die Kommissare betraten das Gebäude und wandten sich an einen Angestellten.

»Moin, Enno und Mona!«, begrüßte er sie freudig. »Habt ihr wieder eine Warnung vor neuem Falschgeld, das in Umlauf gebracht werden soll?«

»Heute nicht, Tjark«, erwiderte Enno. »Wir wollten uns nur erkundigen, ob du Menard Dottum heute schon gesehen hast.«

»Nee, und darüber bin ich auch nicht traurig. Er meckert immer, wenn er verliert. Und wenn er gewinnt, beschwert er sich darüber, dass es zu wenig sei.«

»Ja, manche Menschen sind eben nie zufrieden«, sagte der Oberkommissar lachend. »Rufst du mich bitte an, falls er noch auftaucht?«

»Wird gemacht«, versprach der Angestellte.

»Hältst du Dottum für spielsüchtig?«, fragte Mona, nachdem die beiden das Gebäude wieder verlassen hatten.

»Das ist schwer einzuschätzen. Ihm gefallen jedenfalls Dinge, die mit normaler Erwerbsarbeit nichts zu tun haben: Automatenspiel, Boule, Trinken, seinen Mitmenschen auf den Wecker gehen …«

»Letzteres scheint er gut zu beherrschen«, meinte die Kommissarin. »Tjark ist ja offenbar auch nicht gut auf ihn zu sprechen.«

»Unsere nächste Anlaufstelle ist die *Seekiste*«, verkündete Enno, »denn *Das Ei* hat ja mittags noch geschlossen.«

Es handelte sich um zwei beliebte Borkumer Bierlokale, wobei sich die *Seekiste* in unmittelbarer Nähe zum Inselbahnhof und der Spielbank befand. Die Ermittler mussten nur den Bahnsteig hinuntergehen. Direkt neben dem Bahnübergang bot die *Seekiste* dem rauchenden Teil der Urlauberschaft ein uriges und unverwechselbares Ambiente.

»Da haben wir ihn ja schon«, murmelte der Oberkommissar, kaum dass er die Tür geöffnet hatte. Menard Dottum war ein hagerer braungebrannter Mann, dessen Alter Mona zwischen fünfzig und sechzig schätzte. Er trug einen dunkelblauen Pullover, dessen Ärmel bis zu den Ellenbogen hochgeschoben waren. Die Kommissarin musterte die Tätowierungen auf seinen sehnigen Unterarmen. Dottum war außerdem mit einer zerschlissenen Jeans bekleidet. Er hatte ein kleines Pilsglas vor sich stehen und grinste frech, als die Ermittler auf ihn zukamen.

»Moin, Enno! Hast du heute zur Abwechslung mal deine Geliebte dabei?«

»Nicht frech werden, Freundchen!«, feuerte Mona zurück, bevor ihr Kollege auch nur den Mund öffnen konnte. Sie fuhr fort: »Ich bin Kommissarin Sander – und wenn Sie sich Ärger einhandeln wollen, sind Sie bei mir genau an der richtigen Adresse!«

Dottum hob abwehrend die Hände und sagte: »Schon gut, können Sie nicht mal einen kleinen Spaß vertragen? Warum seid ihr hier? Habe ich mein Fahrrad falsch geparkt?«

Die Kommissare nahmen ungefragt gegenüber dem Verdächtigen Platz. Mona hoffte, dass die Befragung nicht allzu lange dauern würde. Zigarettenrauch verursachte ihr Kopfschmerzen. Und Dottum ging ihr schon nach wenigen Sekunden auf die Nerven. Sie konnte ihn auf Anhieb nicht ausstehen. Deshalb musste er allerdings noch lange kein Mörder sein.

Der Ostfriese schüttelte den Kopf.

»Nein, Menard. Es geht hier nicht um Fahrräder, sondern um ein Kapitalverbrechen. Henner Welke ist tot. Ich nehme an, der Name sagt dir etwas.«

Dottum wirkte überrascht – oder tat er nur so?

»Welke – ja, natürlich kenne ich den ›Möchtegern-Franzosen‹. Hab schließlich oft genug mit ihm Boule gespielt. Ein eingebildeter Fatzke, der sich unglaublich toll vorkam. Wie hat es ihn denn erwischt? Herzinfarkt?«

»Über die genaueren Todesumstände können wir uns nicht äußern«, gab Mona in bestem Beamtendeutsch zurück. Sie fügte hinzu: »Ich wundere mich, dass Sie davon nichts mitbekommen haben. Die Leiche lag am Boule-Platz, nur ein paar Meter von hier entfernt. Seit wann sitzen Sie denn hier beim Frühschoppen?«

Dottum erwiderte: »Ich bin erst seit einer halben Stunde hier, Frau Kommissarin. Und natürlich hab ich gehört, dass es heute Morgen einen Polizeieinsatz am Inselbahnhof gab. Aber wenn es um etwas Wichtiges gegangen ist, dann steht es morgen sowieso in der Zeitung.«

»Womit hast du dir denn die Zeit vertrieben, bevor du hier eingekehrt bist – sagen wir, so zwischen Mitternacht und sechs Uhr früh?«

»Haltet ihr mich etwa für verdächtig, Enno? Nur, weil ich diesen Schleimer nicht ausstehen konnte?«

»Du hast meine Frage noch nicht beantwortet, Menard.«

»Um Mitternacht war ich schon im Bett, Zeugen – oder besser: Zeuginnen – gibt es dafür nicht. Ich bin ja Junggeselle. Um neun Uhr hab ich gefrühstückt und bin dann gemütlich hierher spaziert, um mir einen Frühschoppen zu genehmigen.«

»Ein Leben wie die Made im Speck«, kommentierte Mona trocken.

Dottum hob die Schultern und sagte: »Ich bin Frührentner, irgendwie muss ich mir ja die Zeit vertreiben.«

»Was hattest du eigentlich gegen Welke?«, wollte der Oberkommissar wissen.

Der Verdächtige nahm einen Schluck Bier und antwortete: »Der Kerl war einfach ein Lackaffe! Boule ist ein tolles Spiel, aber er musste uns jede Partie mit seinen neunmalklugen Sprüchen vermiesen. Es ist ja schön für ihn, dass er Französischpauker war. Aber wenn ich spiele, dann will ich mir nicht sein Gequassel über Napoleon und die Trikolore und Paris anhören. Ich kann es nicht ausstehen, wenn sich jemand für etwas Besseres hält!«

»Ja, das ist schon bitter – vor allem, wenn so ein Kerl dann auch noch mit einer schönen jungen Frau verheiratet ist«, sagte Mona und schaute ihm direkt ins Gesicht.

»Was wollen Sie damit sagen, Frau Kommissarin?«

»Ich meine, da kann so ein Single wie Sie schon mal neidisch werden, oder?«

Dottum drehte den Kopf zur Seite und presste die Fäuste gegen die Sitzbank, auf der er hockte. Seine Körpersprache bewies, dass Mona mit ihrer Bemerkung ins Schwarze getroffen hatte. Er grummelte: »Da sind Sie aber schief gewickelt. Ich wusste gar nicht, dass der ›Möchtegern-Franzose‹ verheiratet war.«

»Er trug einen Ehering«, gab die Ermittlerin zu bedenken.

»Darauf habe ich nicht geachtet.«

Mona ließ nicht locker: »Man achtet beim Boule nicht auf die Hände der Mitspieler?«

»Nein … ja … keine Ahnung! – Enno, was will deine Kollegin überhaupt von mir? Ich habe nichts gemacht!«

Glaubt dieser Kerl ernsthaft, dass nur ich ihn verdächtige?, dachte die Kommissarin. Der Ostfriese sagte: »Wir müssen die Personen überprüfen, die mit Welke zu tun hatten. Das verstehst du doch, oder? Wer gehört denn außer dir noch zu den regelmäßigen Mitspielern?«

Dottum kratzte sich am Kopf. Es schien ihn zu beruhigen, dass außer ihm selbst noch andere Leute verdächtigt wurden. Zumindest kam es Mona so vor.

»Da wäre zunächst Ronald Siemers – der war übrigens vor seiner Pensionierung Arzt. Und im Gegensatz zu dem ›Möchtegern-Franzosen‹ sitzt er überhaupt nicht auf dem hohen Ross, auch wenn er Akademiker ist«, plapperte Dottum. Die Kommissarin führte sich vor Augen, dass Dr. Siemers bereits die Boule-Leidenschaft seines Onkels erwähnt hatte, der offenbar ebenfalls in einem Heilberuf tätig gewesen war. Sie machte sich Notizen, während der Verdächtige fortfuhr: »Ansonsten spielen auf Borkum noch Ulf Turm und Norbert Blome regelmäßig Boule. Gelegentlich stoßen noch ein paar Touristen spontan zu uns, aber die kommen und gehen. Wie das eben so ist auf einer Urlaubsinsel.«

»Ulf Turm kenne ich, der arbeitet halbtags in einem Souvenirladen«, sagte Mona.

Enno ergänzte: »Und Blome ist im Ruhestand. Er war bei der Deutschen Bahn und hat sich als Rentner hier niedergelassen.«

»Glaubt ihr im Ernst, dass einer von uns Welke umgebracht hat? Und warum? Weil er bei einer Boule-Partie der Sieger war?«

Dottum brachte diese Sätze lachend hervor. Doch so gelassen, wie er sich gab, war er nicht. Sein unsteter Blick irrlichterte durch den Raum. Mona hätte schwören können, dass er etwas vor den Kommissaren verbarg. Die Frage war nur, ob dies etwas mit dem Mord zu tun hatte.

Enno klemmte eine seiner Visitenkarten unter Dottums Bierdeckel und sagte: »Du rufst uns an, wenn dir noch etwas einfällt, ja? Jede Kleinigkeit kann wichtig sein.«

»Klar, ich hab ja nichts Besseres zu tun«, maulte der Kerl.

»Das hat er wirklich nicht«, meinte die Kriminalistin, nachdem die beiden das Bierlokal wieder verlassen hatten. Sie fügte hinzu: »Hältst du ihn für schuldig?«

»Menard hat kein Alibi, ihn plagen wahrscheinlich Geldsorgen und er konnte Welke nicht ausstehen. Ich weiß nicht, ob diese Punkte schon ausreichen.«

»Wenn wir dem Chef von der munteren Plauderei mit dem Ekelpaket berichten, ernennt er Dottum garantiert sofort zum Hauptverdächtigen«, vermutete Mona und fügte hinzu: »Ich möchte jetzt mit Grietje sprechen.«

»Warum?«

»Sie hat Dottum neulich auch erwähnt, aber ich kenne den Grund nicht«, erwiderte die Kommissarin. Sie funkte ihre junge Kollegin an, die sich mit ihrem Dienstpartner wieder auf Fahrradpatrouille befand: »Wo seid ihr gerade?«

»Wieso, hast du schon wieder einen Toten gefunden?«

»Funkdisziplin, Grietje!«

»Sorry, ist mir so rausgerutscht. – Wir drehen gerade eine Runde um den Alten Leuchtturm und haben ein paar Touristen den Weg zum Hoge Hörn erklärt.«

»Ich wollte dich etwas fragen. Menard Dottum – klingelt etwas bei dir, wenn ich diesen Namen nenne?«

»Ja, dieser Herr hat vor ein paar Tagen, also am 18. September, am Boule-Platz gegrölt und randaliert. Er war ziemlich blau, als wir dort eintrafen. Nachdem wir seine Personalien festgestellt hatten, beruhigte er sich etwas. Er faselte, dass ihn jemand verschaukelt hätte. Ich erteilte ihm einen Platzverweis. Daraufhin verdrückte er sich wie ein geprügelter Hund.«

## Kapitel 4

Ob diese kurze Episode etwas mit dem Mord zu tun hatte? Mona bedankte sich jedenfalls bei Grietje und beendete den Funkkontakt.

»Wollen wir erst einmal Mittagspause machen?«, schlug Enno vor. Seine Kollegin war einverstanden. Ihr selbst machte es nicht so viel aus, mit leerem Magen zu ermitteln. Doch der Ostfriese konnte eindeutig besser denken, wenn er keinen Kohldampf schieben musste.

Sie überquerten die Bahngleise und bogen in die für Fahrzeuge gesperrte Franz-Habich-Straße ein. Dort gab es zahlreiche Lokale und Läden – auch den Souvenirshop, in dem Ulf Turm arbeitete. Diesen Boule-Spieler wollten sie später befragen. Zum Essen gingen sie diesmal nicht in den *Knurrhahn*, sondern zur Abwechslung in die benachbarte *Stadtschänke*. In dem gemütlichen Lokal fanden sie einen Tisch am Fenster. Enno bestellte sich Schollenfilet mit Salzkartoffeln, Mona wollte einen Cheeseburger. Während sie auf das Essen warteten, tranken sie alkoholfreies Bier.

Der Oberkommissar betrachtete nachdenklich die Passanten und murmelte: »Wenn ich stehlen wollte, würde ich mich immer für Bargeld und nicht für seltene Goldmünzen entscheiden. Die Diebe wissen genau, dass die Händler in solchen Fällen umgehend von der Polizei vorgewarnt werden. Es ist also sehr schwer, die Beute wieder loszuwerden und in einen Haufen Banknoten umzuwandeln.«

»Ja, da stimme ich dir zu, Kollege. – Es sei denn, bei dem Mörder handelt es sich um einen fanatischen Sammler, der es genau auf die Stücke aus Welkes Sammlung abgesehen hat. So eine Person geht buchstäblich über Leichen, um in den Besitz der Münzen zu gelangen. Und da ein Sammler die Objekte ohnehin selbst behalten will, muss er sich wegen der Händler keine Sorgen machen.«

»Ich bekomme die einzelnen Punkte immer noch nicht richtig zusammen«, gestand Enno und fuhr fort: »Falls die Witwe uns nicht angelogen hat, dann schleicht Welke sich mitten in der Nacht aus dem Haus, wobei er seine Boule-Kugeln und seine Münzsammlung mit sich führt. Wahrscheinlich war er verabredet. Es kommt mir jedenfalls unwahrscheinlich vor, dass er seinen Mörder rein zufällig am Boule-Platz getroffen hat. Der Täter oder die Täterin tötet ihn, lässt eine Metallkugel zurück und nimmt die restlichen sowie die eigentliche Beute mit. – Warum buckelt er sich mit den restlichen Spielkugeln ab? So wertvoll können die nicht sein.«

Mona reagierte, indem sie ihr Smartphone hervorholte und eine kurze Internetrecherche startete. Dann sagte sie: »Ein Set Boule-Kugeln kann man schon für dreißig Euro bei den üblichen Versandhändlern kriegen. – Es muss einen anderen Grund dafür geben, dass der Mörder die übrigen Metallbälle verschwinden ließ. Ich hoffe auf die kriminaltechnische Untersuchung der Kugel, die ich neben der Leiche gefunden habe.«

Die Kommissarin hatte noch eine andere Idee, doch diese war zu unausgegoren. Zwar würde sich ihr Kollege niemals über sie lustig machen, wenn sie mit einem unausgereiften Einfall um die Ecke kam, doch sie wollte trotzdem erst genauer darüber nachdenken.

Nun wurde zunächst das Essen serviert, und die Ermittler machten sich über ihre köstlichen Gerichte her. Nachdem sie gezahlt hatten, verließen sie das Lokal und gingen zu dem Andenkenladen hinüber, in dem Ulf Turm hinter der Verkaufstheke stand. Mona hatte ihn kennengelernt, als sie vor Monaten während Ennos Urlaub einen Taschendieb verfolgte und in diesem Laden verhaftete. Turm war ein Augenzeuge gewesen. Der Kriminelle hatte nämlich die Kommissarin wegen zu harten Vorgehens angezeigt, doch sie war durch Turms Angaben entlastet worden.

Die Türglocke bimmelte, als die Ermittler das kleine Geschäft betraten. Es unterschied sich nicht grundlegend von den anderen Verkaufsstellen für Borkum-Andenken. Von Kaffeetassen mit Nordseemotiven über Schlüsselanhänger in Ankerform bis zu Frühstückssets, auf denen der Neue Leuchtturm oder die Musikkuppel zu sehen waren, gab es hier allerlei Mitbringsel für die Daheimgebliebenen zu kaufen.

Turm lächelte, als er Mona wiedererkannte.

»Moin, Frau Sander. Was führt Sie hierher? Ah, und Herr Moll ist auch dabei. Sie sind schon seit einer gefühlten halben Ewigkeit bei der Polizei, oder?«

»Ja, ich gehöre sozusagen zum Inventar«, meinte Enno schmunzelnd.

Mona sagte: »Mein Kollege begleitet mich aus gutem Grund, wir sind in dienstlicher Mission hier. Doch falls ich jemals einen Aschenbecher in Muschelform brauchen sollte, würde ich ihn natürlich nur hier erwerben.«

Turm lächelte. Er war ein unscheinbarer Mann mittleren Alters mit schütterem Haar. Der Verkäufer trug Jeans und einen Kapuzenpullover mit *Borkum*-Schriftzug – eine von den Textilien, die in dem Geschäft auch verkauft wurden.

»Wir müssen Ihnen leider mitteilen, dass Henner Welke nicht mehr lebt. Wir gehen von einem Gewaltverbrechen aus.«

Mit diesen Worten wandte Enno sich an Turm. Die Neuigkeit schien noch nicht bis in den Andenkenladen vorgedrungen zu sein. Jedenfalls wirkte der Verkäufer Monas Einschätzung nach überrascht und geschockt. Es dauerte einen Moment, bis er die Sprache wiederfand.

»Das ist furchtbar«, stammelte er. »Wissen Sie schon, wer es getan hat?«

Die Kommissarin schüttelte den Kopf und erwiderte: »Unsere Ermittlungen haben gerade erst begonnen. – Sie haben doch öfter mit Welke Boule gespielt, nicht wahr? Wie verstanden Sie sich mit ihm?«

»Ganz gut, würde ich meinen«, lautete die Antwort. »Er war ein Wichtigtuer, aber das fand ich nicht so schlimm. Wir haben ja alle unsere kleinen Schwächen. Viel kann ich Ihnen über Welke nicht erzählen. Außerhalb vom Boule-Platz habe ich mich nicht mit ihm getroffen.«

»Wissen Sie von Feinden oder Rivalen? Gab es Personen, mit denen dieser Mann sich überhaupt nicht verstanden hat?«

Turm beantwortete Monas Fragen nicht sofort. Er senkte den Blick und spielte nervös mit einem Kugelschreiber, auf dem ein Seehund abgebildet war. Sie wollte schon nachhaken, als er den Mund öffnete.

»Ich will niemanden beschuldigen …«

»Das hier ist eine Morduntersuchung, Herr Turm. Sie bekommen den Ärger Ihres Lebens, wenn Sie mit Informationen hinter dem Berg halten!«

Die eindringlichen Worte der Kriminalistin verfehlten ihre Wirkung nicht. Der Verkäufer holte tief Luft und sagte: »Nun ja, vor ein paar Tagen haben wir *Doublette* gespielt …«

»Was bedeutet das?«, warf Mona ein.

»Es treten zwei Teams mit jeweils zwei Spielern gegeneinander an. Menard Dottum und ich spielten gegen Welke und Ronald Siemers. Bei dieser Variante hat jeder Spieler drei Kugeln. Ein Team gewinnt, wenn es dreizehn Punkte ansammeln konnte. – Dottum war jedenfalls der festen Meinung, dass Welke geschummelt hätte. Wir anderen konnten es nicht bemerken und sagten ihm dies auch. Daraufhin beschimpfte Dottum mich als Weichei, weil ich als sein Mannschaftskamerad ihn nicht unterstützte. Er wurde immer ausfallender, sodass wir ihn schließlich einfach stehen ließen. So ein Verhalten kannten wir schon von ihm. Gelegentlich explodiert er, aber am nächsten Tag ist alles wieder vergessen.«

»Wir haben es richtig verstanden, dass sich Dottums Zorn bei dieser Partie gegen Welke richtete?«, vergewisserte Enno sich.

»Ja, das stimmt. Als wir gingen, trank Dottum ein paar Schlucke aus seinem Flachmann. Wahrscheinlich wird er sich bald darauf beruhigt haben«, gab Turm zurück.

»Und wann genau hat dieses Spiel stattgefunden?«

»Das muss am 18. September gewesen sein, Frau Sander.«

Das war der Tag, als Grietje dem Radaubruder einen Platzverweis erteilt hatte, wie Mona sich nun vor Augen führte. Ob Dottums Groll gegen den ›Möchtegern-Franzosen‹ auch Tage später immer noch nicht verraucht war und zu der Gewalttat geführt hatte?

»Sie selbst mochten Welke?«, wollte der Oberkommissar wissen.

Turm antwortete: »Wir kamen miteinander aus, für eine friedliche Boule-Partie reichte es allemal. Ich wollte mit Welke ja keine Brüderschaft trinken, aber gegen ein Spielchen dann und wann hatte ich nichts einzuwenden. Er hatte eben so seine Eigenarten, er hörte sich gern reden, über Champagner und Froschschenkel und Louisdors …«

»Was sind denn Louisdors?«, warf Mona ein.

»Französische Goldmünzen«, antwortete Turm. Ihr lag die Frage auf der Zunge, ob Welke einmal seine Sammlung erwähnt hätte. Doch sie hielt lieber den Mund. Außerdem warf sie ihrem Kollegen einen inständigen Blick zu, der so viel bedeuten sollte wie: *Erwähne bloß nicht, dass Welkes Münzsammlung verschwunden ist!*

Enno nickte kaum wahrnehmbar. Es war beinahe unheimlich, wie gut die beiden sich untereinander manchmal ohne Worte verständigen konnten. Auf diese Weise war es ihnen schon oft gelungen, einen Straftäter auszutricksen. Es konnte natürlich purer Zufall sein, dass Turm wusste, was ein Louisdor war.

»Wir gehen davon aus, dass Welke zwischen Mitternacht und sechs Uhr früh getötet wurde«, sagte die Kommissarin. »Wir müssen Sie fragen, wo Sie während dieser Zeit gewesen sind.«

Turm reagierte locker. Er sagte: »Ja, das kenne ich aus den Fernsehkrimis. Sie müssen die Alibis von allen Bekannten des Opfers überprüfen. – Ich bin daheim gewesen und habe geschlafen. Ich wohne bei meinen Eltern. Sie haben einen leichten Schlaf und hätten es gewiss gehört, wenn ich nachts die Treppe hinabgestiegen wäre.«

»Sie haben nur einen Halbtagsjob, ist da bei Ihnen das Geld nicht knapp?«

Der Verkäufer zuckte mit den Schultern.

»Ich komme mit einem kleinen Gehalt aus, Frau Sander. Weil ich bei Mama und Papa wohne, habe ich ja keine großen Kosten. Es ist mir wichtiger, dass ich über genügend Freizeit verfügen kann.«

»Ich verstehe. Das wäre für den Moment alles. Bitte rufen Sie an, falls Ihnen noch etwas einfällt.«

Mit diesen Worten gab Mona dem Verkäufer eine ihrer Visitenkarten. In diesem Moment betrat eine junge Frau mit blonder Pferdeschwanzfrisur den Laden.

»Entschuldige bitte die Verspätung«, sagte sie mit einem leichten osteuropäischen Akzent.

»Felka ist meine Ablösung«, erklärte Turm und fügte hinzu: »Ich habe jetzt Feierabend.«

Nach Monas Einschätzung war die Verkäuferin ungefähr so alt wie sie selbst, also Anfang dreißig. Felka trug ebenfalls einen Kapuzenpullover, auf den der Name der Insel gedruckt war. Außerdem hatte sie eine schwarze Jeans an, die ihre schlanke Figur betonte. Die Kommissare verließen das Andenkengeschäft zusammen mit Turm. Er schloss sein Fahrrad auf und schob es bis zur Westerstraße, wo er sich auf das Zweirad schwang und wegfuhr.

Mona schaute ihm kopfschüttelnd nach und sagte: »Es mag ja sein, dass Dottum auf den ›Möchtegern-Franzosen‹ nicht gut zu sprechen war. Dennoch könnte es sich lohnen, auch Turm genauer unter die Lupe zu nehmen.«

»Weil er erklären konnte, was ein Louisdor ist?«

»Das hast du also auch bemerkt, Enno!«

»Selbstverständlich, aber Allgemeinbildung macht eine Person ja noch nicht verdächtig. Es wäre ja auch möglich, dass Welke mit ihm darüber gesprochen hat, das wissen wir nicht. Wegen der verschwundenen Münzensammlung sollten wir diesen Punkt genauer beleuchten. Vor allem, weil es sich beim Louisdor um eine *französische* Währungseinheit handelte. Und dass wir hier auf Borkum Franzosen waren, ist schon lange her.«

»Willst du mich veralbern?«, fragte Mona verblüfft.

Enno schüttelte den Kopf und beteuerte: »Nichts liegt mir ferner. – Aber zur Regierungszeit Napoleons eroberte der Franzosenkaiser auch Ostfriesland und deklarierte es zum *Departement Ems-Orientale.* Also gehörten wir kurzzeitig zum französischen Kaiserreich, auch wenn wir uns nicht darum gerissen haben.«

»Man lernt doch nie aus«, erwiderte die Kommissarin, dann kam sie auf Turm zurück: »Ist dir nicht aufgefallen, wie unser Souvenirverkäufer die hübsche Felka angesehen hat?«

»Nee.«

»Männer!«, stieß Mona lachend hervor. »Ich wette, dass er in seine junge und schöne Arbeitskollegin verknallt ist. Wenn ich mich nicht irre, könnte Turm etwas mit Welkes Tod zu tun haben. Aber wir sollten erst noch einmal zur Kaapdelle fahren, bevor ich dir meine Annahmen präsentiere.«

»Ich bin für alles offen«, stellte der Ostfriese klar.

## Kapitel 5

Juliane Welke wirkte überrascht, als sie den Ermittlern öffnete.

»Da sind Sie ja schon wieder! Konnten Sie bereits mehr über den Tod meines Mannes herausfinden?«

»Wir arbeiten mit Hochdruck daran«, versicherte Mona. »Wir müssten bitte noch einmal das Schlafzimmer anschauen, in dem die Münzsammlung und die Boule-Kugeln aufbewahrt wurden.«

»Ja, selbstverständlich«, gab die Witwe zurück. Sie war blass, schien aber den ersten Schock überwunden zu haben. Juliane Welke trug die gleiche Kleidung wie bei der Identifizierung der Leiche, aber dies lag ja noch nicht lange zurück.

Im Schlafzimmer betrachtete die Kommissarin das Fenster genauer und machte einige Fotos. Dann drehte sie sich zu der Witwe und fragte: »Hat Ihr Gatte normalerweise die Fensterläden dieses Raums geschlossen gehalten?«

»Nein, das tat er nur, wenn der Wetterbericht Sturm vorhersagte. Ich brauche ja wegen meiner Migräne die Dunkelheit, doch für Henner musste ein Zimmer nicht zwangsläufig stockfinster sein, damit er gut schlafen konnte. Er liebte es, wenn morgens die Sonnenstrahlen hier hereinfielen.«

Die Kriminalistin überlegte. Es hatte seit einigen Tagen keinen starken Wind gegeben. Falls Juliane Welkes Angaben zutrafen, waren die Fensterläden also mehrere Tage und Nächte lang nicht geschlossen gewesen. Das kleine Doppelfenster war schätzungsweise mindestens fünfzig Jahre alt und verfügte über eine Einfachverglasung. Ein hölzerner Riegel verhinderte, dass es von außen geöffnet werden konnte – theoretisch. Doch in den schmalen Spalt zwischen den Fensterflügeln ließ sich ein Messer schieben. Allerdings befand sich der Raum im ersten Stockwerk, doch auch für dieses Problem hatte Mona eine Lösung.

»Ich möchte mich noch kurz im Garten umschauen«, bat sie die Witwe.

Juliane Welke schien zu spüren, dass die Kommissarin etwas Wichtiges herausgefunden hatte. Auch Enno wirkte gespannt, da er noch nichts von ihrer Theorie wusste. Doch da die beiden schon seit Jahren zusammenarbeiteten, ahnte er vermutlich, worauf sie hinauswollte.

In dem schmalen Vorgarten fand die Kriminalistin, was sie vermutet hatte: Zwischen den Blumen entdeckte sie zwei gleichartige kleine Löcher im Boden, die offenbar von einer Leiter stammten.

»Mir missfiel die Vorstellung, dass Ihr Mann seine wertvolle Münzsammlung mitnimmt, wenn er nachts das Haus verlässt«, begann Mona und fuhr fort: »Andererseits lässt es sich nicht leugnen, dass die Wertobjekte verschwunden sind. Also überlegte ich: Könnte es sich bei dem Mord an Ihrem Gatten und dem Diebstahl der Münzen um zwei Delikte handeln, die nicht zeitgleich ausgeführt wurden?«

»Du willst darauf hinaus, dass Henner Welke die Münzen gar nicht bei sich hatte, als er getötet wurde?«, vergewisserte der Ostfriese sich.

»Exakt, Kollege! Die Sammlung muss entwendet worden sein, bevor er ums Leben kam. Und die Leiter hat der Dieb sich vermutlich dort drüben ›ausgeborgt‹.«

Mona zeigte auf ein Gebäude auf derselben Straßenseite. Vor der Fassade war ein Gerüst angebracht, um Malerarbeiten zu ermöglichen. Nun mischte sich Juliane Welke in den Wortwechsel der Ermittler ein: »Die Renovierung bei dem Nachbarn hat vor drei Tagen begonnen. Seitdem ist das Gerüst dort, mitsamt Leitern.«

»Wenn wir davon ausgehen, dass der Täter nicht eine eigene Leiter quer durch Borkum geschleppt hat, wird er sich dort drüben bedient haben«, vermutete die Kommissarin und fuhr fort: »Die Kaapdelle ist eine ruhige Straße. Dennoch gehe ich nicht von einem Einbruch bei Tageslicht aus. Vermutlich ist der Täter mitten in der Nacht die Leiter hochgestiegen, hat das Fenster geöffnet, sich die Münzsammlung geschnappt und ist abgehauen. Das wird keine zehn Minuten gedauert haben. Das Risiko, erwischt zu werden, war gering.«

Während sie sprach, bemerkte die Kommissarin, dass die Witwe immer unruhiger wurde. Bevor Mona sie darauf ansprechen konnte, platzte Juliane Welke heraus: »Verstehen Sie denn nicht, was das bedeutet, Frau Sander?«

»Worauf genau wollen Sie hinaus?«

»Das will ich Ihnen sagen: Mein Ehemann hatte einen extrem leichten Schlaf. Er wäre aufgewacht, wenn Einbrecher das Fenster geöffnet hätten. Wenn Ihre Vermutungen also stimmen …«

»… dann war Ihr Gatte in jener Nacht gar nicht anwesend«, beendete Mona den Satz.

Die Witwe nickte, sie war sichtlich geschockt.

*

Die Kommissare begleiteten Juliane Welke schweigend ins Haus. Sie wollten ihr Gelegenheit geben, die neuen Informationen etwas sacken zu lassen. Die Witwe griff zu einer Karaffe, goss sich einen Cognac ein und trank den Schwenker mit zwei Schlucken aus.

»Ich würde Ihnen auch etwas anbieten, aber Sie sind ja im Dienst«, sagte sie mit schwerer Zunge.

»Wir brauchen nichts, vielen Dank«, erwiderte Mona. Dann fragte sie vorsichtig: »Können Sie sich vorstellen, dass Ihr Ehemann eine Affäre hatte?«

»Noch vor wenigen Stunden hätte ich diese Möglichkeit für völlig absurd gehalten, Frau Sander. Inzwischen weiß ich nicht mehr, was ich denken soll. Eigentlich hatte ich geglaubt, dass Henner mit unserem Liebesleben zufrieden wäre. Andererseits bin ich ja durch meine Migräne manchmal tage- und nächtelang außer Gefecht gesetzt. Also, hundertprozentig ausschließen kann ich einen Seitensprung meines Mannes nicht.«

»Das ist ja nur eine von mehreren Möglichkeiten«, stellte Enno klar und fügte hinzu: »Fallen Ihnen denn noch andere Gründe dafür ein, dass Ihr Gatte nachts unbemerkt das Haus verlassen haben könnte?«

»Ich weiß es wirklich nicht … vielleicht wollte er jemanden treffen, der tagsüber keine Zeit hat … aber davon hätte er mir doch bestimmt erzählt. Wir hatten keine Geheimnisse voreinander, jedenfalls habe ich mir das immer eingebildet.«

Juliane Welke füllte den Cognacschwenker erneut. Sie schien wirklich erschüttert zu sein – oder zog sie nur eine Show ab? Wusste sie mehr, als sie den Ermittlern gegenüber durchblicken lassen wollte?

Während Mona über diesen Punkt nachdachte, kam ihr Kollege auf einen anderen Aspekt zu sprechen: »Es wäre denkbar, dass der Dieb die gestohlene Münzensammlung verkaufen will – oder zumindest Einzelstücke. Haben Sie eine Aufstellung der einzelnen Objekte?«

»Leider nicht, Herr Moll. Ehrlich gesagt interessiere ich mich nicht besonders für solche Dinge, was Henner zum Glück nicht gestört hat. Ich kann Ihnen nur allgemein sagen, dass mein Mann ausschließlich alte französische Münzen sammelte: Louisdors, Napoleondors, silberne Livres, Goldfrancs und so weiter.«

»Das ist doch schon eine hilfreiche Information«, sagte Mona und meinte es durchaus ernst. Eine polizeiliche Warnung an die Münzhändler in Ostfriesland und den benachbarten Niederlanden konnte durchaus zu einem Fahndungserfolg führen. Wer mit solchen Wertgegenständen handelte, schien oft einen sechsten Sinn für Spitzbuben zu haben. In der Vergangenheit war schon so mancher Ganove durch den Hinweis eines Edelmetallhändlers der Polizei ins Netz gegangen.

Die Kommissarin warf einen besorgten Blick auf die Cognacflasche.

»Wollte sich nicht eine Freundin um Sie kümmern, Frau Welke?«

»Keine Sorge, ich bin hart im Nehmen, auch wenn ich nicht so aussehe«, versicherte die Witwe mit schwerer Zunge. Sie fügte hinzu: »Außerdem habe ich schon mit Silke telefoniert. Sie wird bald zu mir kommen.«

Wie auf Stichwort klingelte es in diesem Moment an der Haustür. Enno ging hin, um zu öffnen. Mona blieb bei Juliane Welke in der Küche. Ein kurzer Wortwechsel am Eingang war zu hören, dann stürmte eine Frau mit hellbraunen schulterlangen Haaren herein und umarmte die Witwe.

»Es tut mir so leid für dich, Süße!«, stieß sie hervor. Dies war offenbar Silke Koch. Juliane Welkes Freundin machte auf Mona einen patenten Eindruck. Die Kommissare verabschiedeten sich. Mona versprach, die Witwe auf dem Laufenden zu halten.

»Ich möchte jetzt gern deine aktuelle Theorie hören«, bat der Ostfriese, als sie in ihren Dienstwagen stiegen.

Mona erwiderte: »Ich stelle es mir so vor, dass Welke vor seinen Boule-Kumpanen mit seiner wertvollen Münzsammlung angegeben hat. Er war ja offenbar ein Mann, der gern auf die Sahne gehauen hat. Turm wurde hellhörig. Mit seinem mickrigen Halbtagslohn konnte er Felka keine teuren Geschenke kaufen.«

Enno war skeptisch: »Du scheinst ja ziemlich sicher zu sein, dass Turm sich in seine Arbeitskollegin verliebt hat.«

»Natürlich habe ich dafür noch keinen Beweis. Aber es wäre zumindest eine Erklärung dafür, dass er plötzlich kriminell wird und sich die Münzsammlung unter den Nagel reißt.«

Der Oberkommissar nickte langsam und sagte: »Gut, nehmen wir an, dass es so gewesen ist. Turm wäre also der Münzdieb. Und wie kam es zu dem Mord?«

»Welke merkte natürlich irgendwann, dass seine wertvolle Sammlung verschwunden war. Er hatte die Münzen gegenüber seinen Boule-Kumpanen erwähnt. Zumindest einer von ihnen – nämlich Dottum – war nicht gut auf ihn zu sprechen. Welke könnte also nicht Turm, sondern Dottum des Diebstahls bezichtigt haben. Vielleicht hat Welke sich nachts mit seinem Widersacher am Boule-Platz verabredet. Er könnte ihn zu einer Partie herausgefordert haben, darum nahm er seine Metallkugeln zu dem Treffen mit. Dann spielten die beiden miteinander, es kam zu einem Streit mit tödlichem Ausgang. Dottum fühlte sich auf den Schlips getreten, weil er fälschlicherweise beschuldigt wurde, die Münzen geklaut zu haben. Er rastete aus und tötete Welke. Dann bekam er Panik und lief davon, wobei er eine Kugel versehentlich zurückließ.«

Während die beiden miteinander sprachen, hatten sie den Hof der Polizeistation erreicht. Der Oberkommissar stellte den Motor ab und schaute seine Kollegin an.

»Deine Vermutungen haben Hand und Fuß, Mona. Falls Dottums Fingerabdrücke auf der Metallkugel nachzuweisen sind, wird er uns eine Menge zu erklären haben. Aber gegen Turm haben wir absolut nichts in der Hand. Wir bekommen von der Staatsanwaltschaft niemals einen Durchsuchungsbeschluss für das Haus seiner Eltern, nur weil du seinen verliebten Blick in Felkas Richtung bemerkt haben willst.«

»Ja, da muss ich dir leider recht geben«, erwiderte die Kommissarin seufzend. »Aber noch haben wir keine Aussagen von Ronald Siemers und Norbert Blome aufgenommen. Mit etwas Glück können die Herren uns mehr über Welkes Verhältnis zu unseren beiden Verdächtigen erzählen.«

Die Ermittler waren ausgestiegen. Enno blieb stehen und schaute in den Himmel. Einige Wolken ballten sich am Horizont zusammen. Er sagte: »Ich schätze, es dauert noch eine oder zwei Stunden, bis es zu regnen beginnt. – Lass uns zum Boule-Platz gehen. Ich könnte mir vorstellen, dass Siemers und Blome dort zu finden sind.«

## Kapitel 6

Der Oberkommissar sollte mit seiner Annahme recht behalten. Als die Kommissare wenig später zu Fuß den Georg-Schütte-Platz ansteuerten, sahen sie schon von Weitem zwei große Blumensträuße. Die Bukette lagen an der Stelle, wo Welkes Leiche entdeckt worden war. Inzwischen wusste die halbe Insel von dem gewaltsamen Tod des »Möchtegern-Franzosen«. Und sowohl Blome als auch Siemers hatten davon erfahren. Die beiden Spieler trugen schwarze Kleidung. Blome warf gerade eine Metallkugel, als die Ermittler auf ihn zutraten. Siemers kannte die beiden ja durch seinen Neffen, der Arzt im Borkumer Krankenhaus war. Sie nannten trotzdem ihre Namen und zeigten ihre Dienstausweise.

»Das ist eine schreckliche Geschichte«, sagte Siemers. »Haben Sie schon eine heiße Spur?«

Sein weißer Vollbart wallte auf das schwarze Hemd. Mona schätzte ihn auf ungefähr siebzig Jahre. Sie erwiderte: »Wir gehen allen Hinweisen nach. – Sind die Blumen von Ihnen?«

Die beiden Herren nickten. Nun war Siemers mit Werfen dran. Blome wandte sich an die Ermittler: »Ja, wir wollten dem Toten unseren Respekt zollen. Henner war kein einfacher Mensch, aber so ein Ende hat er nicht verdient.«

»Woher wussten Sie, dass die Leiche exakt dort drüben gelegen hat?«

Mona deutete auf die Blumensträuße. Der Spieler antwortete nicht sofort, sondern zog sein Smartphone aus der Tasche. Er zeigte ein Kurzvideo, das offenbar kurz vor dem Abtransport des Toten vom Bahnsteig aus aufgenommen worden war. Man konnte den von einer Plane abgedeckten Körper sehen, außerdem zwei Bestatter, die mit einer Bahre anrückten. Blome fügte hinzu: »Das Video kursiert bereits im Internet.«

»Sie sind auf der Höhe der Zeit, Herr Blome«, stellte sie fest.

»Für einen alten Knacker, wollten Sie gewiss noch hinzufügen«, meinte er und blinzelte ihr zu.

Will der etwa mit mir flirten?, fragte Mona sich. Sie war in festen Händen, und Blome entsprach gewiss nicht ihrer Vorstellung von einem faszinierenden Mann. Aber wenn seine Zuneigung ihr mehr Informationen verschaffte, hatte sie nichts dagegen einzuwenden.

»Sie haben sich doch noch gut gehalten«, behauptete sie lächelnd und fügte hinzu: »Wer könnte es auf Welke abgesehen haben?«

Blome antwortete nicht, sondern warf einen vielsagenden Blick in Siemers' Richtung. Der weißbärtige Spieler unterhielt sich gerade mit Enno. Sie standen ein Stück weit entfernt, daher konnte Mona nicht jedes Wort verstehen. Ihr Kollege würde ihr später sowieso berichten, was er in Erfahrung gebracht hatte. Sie verstand jedenfalls Blomes Wink richtig und sagte laut: »Erklären Sie mir doch bitte mal, wie man eigentlich Boule spielt.«

Er drückte ihr eine Metallkugel in die Hand und erwiderte: »Bekommen Sie zunächst einmal ein Gefühl für das Gewicht und die Beschaffenheit der Kugel. Sehen Sie die kleine Holzkugel dort hinten? Das ist die Zielkugel. Es geht darum, die eigene Kugel so nah wie möglich an sie heran zu werfen. Dabei ist es auch erlaubt, die Kugeln des Mitspielers wegzuschießen. Es ist wie bei dem Zusammenwirken zwischen Mann und Frau. Auch dort muss man gelegentlich einen Rivalen aus dem Rennen werfen, wenn man bei der Herzdame landen will …«

Eine Metapher mit dem Holzhammer, dachte die Kommissarin. Aber da sie Blome ein wenig um den Bart gehen wollte, schluckte sie diese Bemerkung herunter und sagte stattdessen: »Sie scheinen mir ein weiser Mann zu sein.«

Hatte Mona zu dick aufgetragen? Blome nahm an ihren Worten keinen Anstoß, vielleicht hielt er sich für unwiderstehlich. Er faselte noch ein wenig über die Besonderheiten des Boule-Spiels, doch der Kriminalistin ging es ausschließlich um den Mord. Ob Siemers wirklich ein überzeugendes Motiv für die Tat hatte? Das musste sie herausfinden. Noch wusste sie nichts über das Verhältnis der beiden Männer zueinander.

»Seit wann kennen Sie Welke?«, wollte sie von Blome wissen.

»Ungefähr seit einem halben Jahr.«

»Was für einen Eindruck haben Sie von ihm?«

»Er betonte oft und gern seine Liebe zu Frankreich, aber das hat uns nicht besonders gestört, Frau Sander.«

»Nicht jeder soll gut mit ihm ausgekommen sein …«

Blome erwiderte: »Sie spielen gewiss auf die Auseinandersetzung zwischen Welke und Dottum an. Das war wirklich unschön, aber für einen Mörder halte ich diesen Hitzkopf nicht. Die Bluttat muss ein anderer begangen haben.«

Er schaute die Kommissarin so an, als ob er sagen wollte: *Wenn du wüsstest, was mir bekannt ist ...*

Sie hielt immer noch die Metallkugel in der Hand. Nun schaute sie sich den Gegenstand genauer an.

»Ihre Kugel ist graviert, Herr Blome. Gibt es dafür einen bestimmten Grund?«

Er antwortete: »Die Metallkugeln gleichen sich wie ein Ei dem anderen. Wenn man nicht möchte, dass die eigenen Kugeln von anderen Spielern versehentlich benutzt und mitgenommen werden, wird man sie mit den eigenen Initialen oder einem einprägsamen Symbol versehen lassen. Bei Welke war es beispielsweise eine stilisierte Lilie.«

»War das seine Lieblingsblume?«

»Die Frage habe ich Welke auch einmal gestellt. Daraufhin erklärte er mir und den anderen lang und breit, dass die Lilie das französische Adelshaus der Bourbonen symbolisieren würde. Es tat mir sofort leid, dass ich mich danach erkundigt hatte.«

Der pensionierte Lehrer war offenbar ein Mann gewesen, der gern mit seinem eigenen Wissen auftrumpfte. Dadurch machte man sich nach Monas Ansicht keine Freunde, aber ein Mordmotiv konnte sie in Welkes Schlaumeierei nicht erkennen. Ob der »Möchtegern-Franzose« sich wirklich öfter nachts hinter dem Rücken seiner Frau herumgetrieben hatte? Ihre nächste Frage zielte in diese Richtung: »Können Sie mir sagen, ob Welke es mit der ehelichen Treue nicht so genau genommen hat? Männer protzen ja gelegentlich gern vor ihren Freunden mit ihren Eroberungen.«

»So etwas würde ich niemals tun. Ich bin ja Junggeselle.«

Blome schaute der Kommissarin tief in die Augen, während er diese Sätze von sich gab. Sie hätte am liebsten einen lauten Seufzer ausgestoßen, beherrschte sich aber. Mona stellte klar: »Es war nicht von Ihnen, sondern von Welke die Rede.«

Der Boule-Spieler erwiderte: »Ich würde ihn nicht als meinen Freund bezeichnen. Von daher glaube ich nicht, dass er mir solche Geheimnisse anvertraut hätte. Dadurch macht man sich doch angreifbar oder erpressbar, nicht wahr? – Das Einzige, was ihn und mich verband, waren die Kugeln.«

Er zeigte auf den metallenen Ball, den Mona immer noch in der Hand hielt. Die beiden Spieler hatten ihre Partie unterbrochen, weil die Kommissarin mit Blome und Enno mit Siemers redete. Nun aber schien ihr Kollege genug gefragt zu haben. Der Ostfriese nickte Siemers zu und kam in Monas Richtung. Auch sie wollte die Unterredung momentan nicht fortsetzen. Mona gab Blome eine ihrer Visitenkarten, auf der auch ihre Mobilnummer stand.

»Sie können mich jederzeit anrufen, wenn Sie mir noch etwas mitteilen möchten«, sagte sie zum Abschied.

»Das werde ich gewiss tun«, versicherte er.

»Konntest du etwas herausfinden?«, fragte der Oberkommissar, als sie außer Hörweite der beiden Boule-Spieler waren.

»Wie man es nimmt. Blome scheint sich in mich verguckt zu haben. Ich kann leider nicht einschätzen, ob er sich nur wichtigmacht, um meine Aufmerksamkeit zu bekommen, oder ob mein ergrauter Verehrer mehr als heiße Luft zu bieten hat. Er scheint Siemers zu verdächtigen, zumindest habe ich sein Verhalten so interpretiert.«

»Wenn das so ist, wird Blome so bald wie möglich unter vier Augen mit dir sprechen wollen«, vermutete Enno.

»Das befürchte ich auch.«

Der Ostfriese fuhr fort: »Siemers hat mir erzählt, dass Welke ihn wegen eines Erbstücks genervt hat. Der ›Möchtegern-Franzose‹ wollte es ihm unbedingt abkaufen.«

»Lass mich raten – es geht um eine Münze!«

»Wie kommst du denn darauf, Mona? – Ernsthaft, natürlich geht es darum. Genauer gesagt um einen Napoleondor, der zur Franzosenzeit in den Besitz der Familie Siemers gelangte. Damals waren die Vorfahren von Siemers noch Fischer. Angeblich ertrank einer von ihnen auf einer Fangfahrt, und die Witwe musste das Boot verkaufen. Sie bekam einen Napoleondor dafür.«

»Eine Münze für ein Boot?«, vergewisserte die Kommissarin sich. Sie meinte: »Das klingt für mich nicht nach einem fairen Geschäft.«

»Wir reden ja über eine *Goldmünze*«, gab der Oberkommissar zurück, »und der Wert muss damals beträchtlich gewesen sein. Auf jeden Fall handelt es sich um ein Erbstück, das die Familie bis heute niemals aus den Händen gegeben hat. Wenn Siemers das Zeitliche segnet, wird der Napoleondor in den Besitz seines Neffen übergehen. – Welke hat angeblich mehrere tausend Euro für die Münze geboten, aber Siemers ist trotz seiner penetranten Art hart geblieben.«

»Das kann ich verstehen«, sagte Mona, »warum sollte Siemers den Napoleondor verscherbeln, wenn er auf den Kaufpreis nicht angewiesen ist? Ich kann in dieser missglückten Transaktion kein Mordmotiv erkennen.«

»Falls Siemers die Wahrheit gesagt hat«, schränkte Enno ein.

»Du traust dem Onkel unseres Krankenhausarztes einen Mord zu, Kollege?«

»Jedenfalls hat er kein Alibi für die mutmaßliche Tatzeit. Siemers ist Witwer und wohnt allein.«

»Und Blome hat für meinen Geschmack ein wenig zu deutlich betont, dass er noch zu haben ist«, gab Mona seufzend zurück. Dann berichtete sie dem Oberkommissar von der Kennzeichnung von Boule-Kugeln durch Gravur.

»Das ist interessant«, meinte er, »ich habe mich immer schon gefragt, wie die Spieler ihre Kugeln voneinander unterscheiden.«

»Und ich ärgere mich, weil ich mir die Kugel neben der Leiche nicht genauer angeschaut habe«, gestand die Ermittlerin selbstkritisch. Sie fügte hinzu: »Naja, die Kriminaltechniker werden sie genau unter die Lupe nehmen und uns dann hoffentlich bald das Ergebnis ihrer Untersuchung zukommen lassen.«

Als die Kommissare wieder in ihrem Dienstzimmer waren, telefonierten sie sämtliche deutschen und niederländischen Münzhändler im Umkreis von zweihundert Kilometern ab. Mona und Enno baten darum, beim Ankauf von Goldmünzen aus napoleonischer Zeit besondere Vorsicht walten zu lassen, die Personalien der Anbieter zu notieren und mit der Polizei Borkum Kontakt aufzunehmen. Dass der Dieb die Beute loszuwerden versuchen würde, war nur eine schwache Hoffnung. Dennoch wollten sie nichts unversucht lassen.

## Kapitel 7

Mona wollte gerade Feierabend machen, als ihr Smartphone klingelte. Enno war eben gerade gegangen. Sie nahm das Gespräch an. Blome war am Apparat.

»Sie haben sich nicht viel Zeit gelassen«, stellte sie fest.

»Das stimmt, Frau Sander. Ich wollte nicht, dass Siemers mitbekommt, was ich Ihnen zu sagen habe ... ich bekomme doch keine Schwierigkeiten, oder?«

»Nein – außer, wenn Sie die Polizei hinter das Licht führen«, stellte die Kommissarin klar.

»Ich möchte Ihnen meine Beobachtungen nicht am Telefon mitteilen. Wollen wir uns an der Promenade treffen, vielleicht bei *Ria's Beach*?«

Mona war einverstanden und verabredete sich für zwanzig Uhr mit dem Zeugen. Dann nahm sie sicherheitshalber Kontakt mit ihrem Kollegen auf und berichtete ihm von dem geplanten Treffen.

»Blome wirkt auf den ersten Blick harmlos, trotzdem könnte es eine Falle sein«, gab der Oberkommissar zu bedenken.

»Ich weiß, darum informiere ich dich ja. Aber ich kann gut auf mich selbst aufpassen. Außerdem ist um die Uhrzeit die Promenade voller Menschen, was soll da schon passieren?«

»Ich könnte mich als dein *Backup* irgendwo im Hintergrund halten«, schlug Enno vor.

»*Backup?* Ernsthaft? Wir sind bei der Borkumer Polizei und nicht in einem US-Actionthriller. – Nein, du bleibst schön daheim und leistest deiner Frau Gesellschaft. Wenn es dich beruhigt, dann kann ich dich später anrufen, wenn ich wieder zu Hause bin«, sagte Mona und beendete das Telefonat. Sie fuhr zu ihrer Wohnung, um sich umzuziehen. Etwas später stand sie vor ihrem großen Wandspiegel und betrachtete sich selbstkritisch. Die Kommissarin hatte Lippenstift aufgelegt und sich dezent geschminkt. Sie trug ein knielanges rotes Kleid – nicht gerade aufreizend, aber zweifellos femininer als ihre übliche Alltagsmontur. Eine schwarze blickdichte Strumpfhose sowie dunkle Lackschuhe vervollständigten ihr Outfit. Es kam Mona so vor, als ob sie ihren Freund betrügen wollte, obwohl das keineswegs in ihrer Absicht lag. War es nicht schäbig von ihr, Blome falsche Hoffnungen zu machen?

Sie unterdrückte ihr Zaudern. Immerhin bekam der Zeuge die Gelegenheit, sich mit einer jungen Frau an einem höchst angenehmen Ort zu treffen – nicht mehr und nicht weniger. Kurzentschlossen schnappte sie sich ihre Handtasche, stieg wieder aufs Rad und düste Richtung Promenade. Natürlich hatte sie auch eine Strickjacke übergezogen, denn in der zweiten Septemberhälfte konnten die Abende auf der Insel schon recht frisch sein. Die abgehärteten Borkumurlauber verharrten trotzdem so lange wie möglich auf den Plätzen an der frischen Luft, entweder unter Heizpilzen oder mit dicken warmen Decken auf den Knien.

Mona parkte ihr Rad an der Jann-Berghaus-Straße. Von dort aus gelangte man über mehrere breite Steintreppen auf die darunter liegende Promenade und den breiten Hauptstrand. Die Kommissarin war überpünktlich und traf zehn Minuten vor acht bei *Ria's Beach* ein. Das beliebte Lokal war sowohl innen als auch im Außenbereich gut besucht. Die Gäste saßen an den Tischen oder hatten es sich in den Liegestühlen vor der Musikkuppel bequem gemacht. Sie genossen ihren *Sundowner*, während sie den Sonnenuntergang am Horizont über der Nordsee betrachteten.

Die Kommissarin fand einen freien Tisch am Rand des Außenbereichs. Von dort aus hatte sie die Promenade im Blickfeld. Wenn Blome auftauchte, konnte sie ihn schon von Weitem bemerken. Sie bestellte sich einen alkoholfreien Cocktail. Während sie auf das Getränk und ihre Verabredung wartete, stieg ihre Anspannung. Eigentlich konnte sie sich nicht vorstellen, dass der Onkel von Dr. Siemers etwas mit Welkes Tod zu tun hatte. Falls es wirklich Streit wegen des geerbten Napoleondors gab, wäre eine andere Möglichkeit viel wahrscheinlicher gewesen – dass nämlich Welke den pensionierten Arzt tötete, um sich dessen Goldmünze für seine Sammlung zu sichern. Ob es einen Kampf zwischen den beiden Männern gegeben hatte? Siemers war zwar nicht mehr der Jüngste, aber größer und gewiss auch stärker als Welke. In dem Fall würden sich vermutlich DNA-Spuren von ihm unter Welkes Fingernägeln nachweisen lassen. Aber konnte es wirklich eine körperliche Auseinandersetzung gegeben haben? Mona erinnerte sich daran, wie sie die Leiche aufgefunden hatte. Die Kleidung war nicht verknittert oder zerrissen. Sie wies nur da Schmutzspuren auf, wo das Opfer im Staub des Boule-Platzes zu Boden gegangen war.

Die Kriminalistin merkte, dass sie sich in Mutmaßungen hineinsteigerte. Das war nicht gut, sie musste sich auf das Sammeln von Fakten konzentrieren. Zum Glück erschien in diesem Moment Blome auf der Bildfläche. Der Zeuge kam aus Richtung Kulturinsel. Noch hatte er Mona offenbar nicht entdeckt. Er drehte den Kopf hin und her, hielt nach ihr Ausschau. Sie winkte. Er hob ebenfalls die Hand und ging auf die Kommissarin zu.

Auf der Promenade waren an diesem Abend noch viele Spaziergänger und auch einige Jogger unterwegs. Die meisten Sportler liefen lieber unten am Strand am Spülsaum entlang, aber es gab auch einige, die den festen gepflasterten Untergrund bevorzugten. Einer von ihnen rannte direkt auf Blome zu. Der Zeuge war so auf Mona fixiert, dass er den bevorstehenden Zusammenstoß erst zu spät bemerkte. Die Männer kollidierten. Blome strauchelte, schrie auf und ging zu Boden. Er presste beide Hände gegen seinen Bauch, Blut quoll zwischen seinen Fingern hervor. Die Kommissarin bemerkte das blutige Messer des Angreifers. Er ließ es fallen und erhöhte sein Tempo, während andere Passanten entsetzt aufschrien und ihm auswichen. Der Mann sprintete in Richtung Bismarckstraße davon.

Mona war bereits aufgesprungen und zu Blome geeilt. Er gab röchelnde Laute von sich. Das Blut floss weiterhin. Sie kniete sich neben ihn und holte ihr Smartphone aus der Handtasche, nahm Kontakt mit der Dienststelle auf.

»Polizei Borkum.«

»Aiske, hier ist Mona. Ich bin außer Dienst auf der Promenade, auf Höhe der Musikkuppel. Hier wurde soeben ein Mann niedergestochen, ich brauche umgehend einen Notarzt und RTW. Der Täter flüchtet auf der Promenade in Richtung Bismarckstraße. Es handelt sich um eine männliche Person, ungefähr eins achtzig groß, schlank, dunkler Jogginganzug und schwarze Handschuhe.«

»Das ist verstanden, ich gebe dem Krankenhaus Bescheid und veranlasse eine Fahndung.«

Polizeimeisterin Aiske Berend beendete das Telefonat. Mona wandte sich nun dem Verletzten zu, drehte ihn in eine stabile Seitenlage. Eine Kellnerin kam und brachte saubere Stoffservietten, die Mona gegen die Wunde presste. Blome schaute sie mit schmerzverzerrtem Gesicht an. Er war totenbleich, aber noch bei Bewusstsein. Mona sprach ihn mit eindringlicher Stimme an: »Halten Sie durch, Hilfe ist unterwegs! Wissen Sie, wer Ihnen das angetan hat?«

»Kannte ihn … nicht«, brachte der Verletzte hervor. Die Worte kamen ihm nur schwer über die Lippen. Sie erkannte, dass sie ihn nicht mit weiteren Fragen löchern durfte. Die Sekunden schienen sich unendlich in die Länge zu ziehen, während Mona weiterhin die Servietten auf die Wunde presste. Das warme Blut rann über ihre Finger. Endlich hörte sie oben auf der Jann-Berghaus-Straße die Sirene des sich schnell nähernden Rettungswagens. Gleich darauf eilten Dr. Siemers und zwei Sanitäter zu ihr. Die Kriminalistin berichtete kurz, was geschehen war, und trat dann zur Seite. Sie betrachtete den Notarzt, während dieser sich um Blome kümmerte. Mona hatte das Gesicht des Angreifers nicht gesehen. Trotzdem stand für sie fest, dass es sich bei dieser Person nicht um Dr. Siemers' Onkel handeln konnte. Die Bewegungen des Messermanns waren eindeutig die eines jungen Menschen. Und Siemers' Körperbau hätte die Kommissarin eher als plump und weniger als schlank und durchtrainiert wirkend beschrieben. Natürlich war es trotzdem möglich, dass Siemers Welke erschlagen und für den Angriff auf Blome einen Komplizen oder Handlanger engagiert hatte.

Der junge Arzt wandte sich nun an Mona: »Der Patient hat viel Blut verloren, wir bringen ihn in die Klinik, Frau Sander.«

»Wird er überleben?«

»Wir tun jedenfalls alles dafür.«

Die Sanitäter hatten Blome schon vorsichtig auf eine Trage gehoben und schafften ihn nun zum Rettungswagen. Mona säuberte ihre blutverschmierten Hände notdürftig mit einem Taschentuch und rief Enno an. Er klang aufgeregt, als er ihre Stimme hörte: »Wie geht es dir? Ist das Treffen mit Blome schiefgegangen?«

»Das kann man wohl sagen«, gab sie zurück und erzählte ihrem Kollegen von der Attacke durch den Unbekannten.

»Ach du Schande!«, stieß der Ostfriese hervor. »Und dir fehlt wirklich nichts?«

»Nee, der Messerschwinger ist noch nicht mal in meine Nähe gekommen. Die Kollegen halten bereits Ausschau nach ihm, aber für einen Fahndungserfolg sehe ich schwarz. Er trägt einen weiten Jogginganzug von der Art, die man über die normale Kleidung ziehen kann. Er muss bloß an einem unbeobachteten Platz den Anzug und die Handschuhe ablegen – und schon trifft meine Personenbeschreibung nicht mehr auf ihn zu.«

»Es kann kein Zufall sein, dass der Verbrecher Blome ausgeschaltet hat, bevor dieser mit dir reden konnte. In gewisser Weise ist das sogar positiv.«

»Was kann man denn daran gut finden, um Gottes willen?«

Enno erläuterte geduldig: »Der Messerangriff an sich ist natürlich schlimm und abscheulich. Aber der Täter hat durch diesen Vorstoß bewiesen, dass er Blome zum Schweigen bringen musste, bevor er mit dir sprechen konnte. Also muss der Boule-Spieler wichtige Informationen für uns haben!«

Der Oberkommissar hatte recht. Mona wäre wahrscheinlich auch selbst auf diese Überlegung gekommen. Doch der hinterhältige Angriff direkt vor ihren Augen hatte sie mehr erschüttert, als sie sich selbst eingestehen wollte. Nun wich dieses Gefühl einer unbedingten Entschlossenheit, den Täter fassen zu wollen. Sie sagte: »Ich unterstütze die Kollegen jetzt bei der Suche nach dem Flüchtigen. Falls es weitere Neuigkeiten gibt, melde ich mich noch einmal. – Außerdem sollten wir veranlassen, dass Blome im Krankenhaus bewacht wird. Wenn der Verbrecher merkt, dass sein Opfer überlebt hat, wird er es noch einmal versuchen.«

»In Ordnung, darum kümmere ich mich«, versprach Enno. Er fügte hinzu: »Und pass bitte auf dich auf.«

»Aber immer doch«, versicherte Mona und beendete das Gespräch. Sie zeigte ihren Dienstausweis und fragte einige der Umstehenden, ob sie den Jogger genauer beschreiben konnten. Aber die meisten von ihnen waren erst hinzugekommen, nachdem Blome blutend zu Boden gegangen war. Sie erhielt jedenfalls keine brauchbaren Hinweise. Die Kommissarin eilte nun zu ihrem Fahrrad und begann damit, die Straßen zwischen der Kulturinsel und dem Neuen Leuchtturm systematisch zu durchkämmen. Schnell wurde ihr klar, dass der Täter sich inzwischen noch viel weiter vom Ort des Angriffs entfernt haben konnte. Es war ja nicht ausgeschlossen, dass er in der Nähe ebenfalls ein Rad bereitgestellt hatte. Dann konnte er sich längst am anderen Ende des Ortes oder in einem abgelegenen Teil der Insel versteckt haben. Und Mona hatte selbst gesehen, wie schnell er auch ohne Fortbewegungsmittel unterwegs war. Es musste sich also um eine sportliche Person handeln, die regelmäßig ihre Ausdauer trainierte. Da die Kriminalistin selbst Läuferin war, kannte sie viele Jogger auf der Insel persönlich oder vom Sehen. Das galt natürlich nur für diejenigen, die ganzjährig auf Borkum blieben. Natürlich begegneten ihr auf ihren morgendlichen Trainingsrunden mit Rufus auch Urlauber, die ihren Aufenthalt für die Verbesserung ihrer Kondition nutzten. Aber die waren nach einer oder zwei Wochen meist wieder verschwunden.

Mona begegnete Grietje Smit und Hinderk Ekhoff, die auf der Hindenburgstraße in ihrem Streifenwagen patrouillierten. Auch ihnen war keine Person aufgefallen, bei der es sich um den Jogger hätte handeln können. Bevor sie zu ihrer Suchaktion aufgebrochen war, hatte Mona sich von einer Bedienung eine Plastiktüte geben lassen und das Messer hineingelegt. Sie machte sich allerdings keine großen Illusionen, was die kriminaltechnische Untersuchung anging, denn der Verbrecher hatte Handschuhe getragen. Und bei der Waffe handelte es sich um ein Gemüsemesser aus Massenproduktion, wie man es in jedem Supermarkt in Deutschland und den Niederlanden kaufen konnte. Wie sollte man einem Verdächtigen etwas nachweisen, wenn er inzwischen nicht nur das Messer, sondern auch die Handschuhe und den Jogginganzug losgeworden war? Diese Frage beschäftigte Mona, nachdem sie sich wieder von ihren Kollegen getrennt hatte und allein durch die nächtlich ruhigen Straßen des Ortszentrums streifte. Einmal stoppte sie einen jungen Mann, der ihr entgegenkam und zumindest von der Größe und Figur her der Angreifer sein konnte.

»Moin! Ich bin von der Polizei Borkum. Dies ist eine allgemeine Personenkontrolle. Ich möchte Ihren Ausweis sehen.«

Der Kerl grinste breit, obwohl Mona ihre Legitimation zeigte.

»Hey, das ist der coolste Anmachspruch, den ich jemals gehört habe«, brachte der Passant mit schwerer Stimme hervor.

Die Kommissarin schluckte ihren Ärger vorerst herunter, trat zur Seite und startete per Telefon eine POLAS-Abfrage. Währenddessen hatte ihr neuer Verehrer seinen Kamm hervorgeholt und fuhr damit durch seine widerborstigen dunkelbraunen Haare. Ob er sich wirklich Hoffnungen machte? Der Tourist aus Aachen hatte jedenfalls eine blütenweiße Weste, Vorstrafen waren nicht vorhanden. Die Ermittlerin drückte ihm seinen Personalausweis wieder in die Hand und fauchte: »Das wäre für den Moment alles, Herr Matthias Schlüter. – Und wenn Sie wirklich an einem Schäferstündchen mit mir Interesse haben, dann biete ich Ihnen ein vergittertes Liebesnest. Dort müssten Sie allerdings allein Einzug halten, denn Sie sind voll wie eine Strandhaubitze und außerdem überhaupt nicht mein Typ!«

Nachdem der Urlauber diese Abfuhr kassiert hatte, trollte er sich ziemlich kleinlaut. Aber noch war sie nicht fertig mit ihm.

»Nicht so eilig, Herr Schlüter. Wo haben Sie sich eigentlich so zugekippt?«

»*Pferdestall*«, brachte er hervor.

Dieses Lokal in der Bismarckstraße kannte die Kommissarin natürlich. Es würde sich leicht überprüfen lassen, wie lange der Mann dort gewesen war. Theoretisch war es möglich, dass der Täter schnell seine Joggingkluft losgeworden war und sich dann in den *Pferdestall* geflüchtet hatte, um sich ein Alibi zu verschaffen. Nach Monas Meinung musste der Verbrecher stocknüchtern gewesen sein, als er die Tat begangen hatte. In ihrem Job bekam sie es oft genug mit Betrunkenen zu tun. Ihr genügte meist schon die Art des Gehens, um den Blut-Promillegehalt eines Menschen richtig einschätzen zu können.

Nachdem die Kommissarin Schlüters Urlaubsadresse notiert und ein Foto von ihm gemacht hatte, durfte er endlich von der Bildfläche verschwinden. Mona begab sich noch schnell zum *Pferdestall* und zeigte dem Barmann das Bild, das sie von dem jungen Mann gemacht hatte.

»Ein netter Gast mit großem Durst. Er ist gegen 18 Uhr erschienen und hat bis vor einer halben Stunde an meinem Tresen getrunken, ohne ausfallend oder unangenehm zu werden«, sagte die Thekenkraft.

Mona hatte keinen Grund, an diesem Alibi zu zweifeln.

Das wäre ja auch zu schön gewesen, dachte die Kriminalistin frustriert. Sie war bedient. Nachdem sie sich bedankt und verabschiedet hatte, radelte sie laut fluchend nach Hause.

## Kapitel 8

Mona hatte schlecht geschlafen, denn die Attacke auf Blome ließ ihr keine Ruhe. Noch war ihr völlig unklar, warum Welke überhaupt sterben musste und warum Blome unbedingt zum Schweigen gebracht werden sollte. Sie hatte also nicht die beste Laune, als die morgendliche Besprechung mit Oltbeck anstand. Der Chef betrachtete sie durchdringend, als sie von dem missglückten Treffen mit dem Zeugen berichtete.

»Und es gab wirklich keine andere Möglichkeit, von Blome Informationen zu bekommen, Frau Sander?«

Bevor sie sich selbst verteidigen konnte, kam Enno ihr zu Hilfe. Der Oberkommissar saß neben ihr auf dem anderen Besucherstuhl des Dienststellenleiters.

»Es war nicht vorherzusehen, dass es in Gegenwart von so vielen Passanten einen versuchten Mord geben würde, Herr Oltbeck. Sie kennen doch die Promenade auf Höhe der Musikkuppel. Einen belebteren Ort wird man auf unserer Insel kaum finden, jedenfalls nicht an einem schönen Abend bei gutem Wetter. Es war eindeutig, dass Blome mit meiner Kollegin unter vier Augen sprechen wollte. Sie trifft keine Schuld.«

»Schon gut, das hat auch niemand behauptet«, wiegelte der Chef ab. Er fuhr fort: »Wie auch immer – es ist unwahrscheinlich, dass dieser Täter dort zufällig vorbeigelaufen ist. Er muss Blome gefolgt sein und wollte auf Teufel komm raus verhindern, dass er mit einer Polizeibeamtin spricht.«

»Ich war in Zivil dort, also muss der Verbrecher gewusst oder geahnt haben, welchen Beruf ich ausübe«, sagte Mona. Sie war Enno dankbar dafür, dass er sie verteidigt hatte. Sie konnte zwar gut für sich selbst sprechen, doch leider vergriff sie sich öfter im Tonfall, als ihr lieb war. So manches Mal hatte sie ihre eigene Scharfzüngigkeit später bitter bereut.

Der Oberkommissar sagte: »Die Fahndung nach dem Täter läuft weiter, wobei die Personenbeschreibung nicht besonders exakt ist.«

»Und Sie halten es für notwendig, dass Blome im Krankenhaus Polizeischutz bekommt, Herr Moll? Ich muss Sie wohl nicht daran erinnern, wie knapp wir an Personal sind.«

»Falls der Täter Wind davon bekommt, dass er versagt hat, besteht für Blome Lebensgefahr«, machte Mona deutlich. Sie fügte hinzu:

»Ich fragte ihn gestern, ob er den Jogger mit dem Messer kennen würde. Er verneinte, wobei ich nicht sicher bin, ob er mir die Wahrheit verschwiegen hat oder einfach unter Schock stand. Oder ob er wirklich nicht wusste, wer ihn gerade attackiert hatte.«

»Das ist wirklich ein mysteriöser Fall«, stellte der Chef seufzend fest. »Wir müssen die Öffentlichkeit informieren. Es gab zu viele Menschen, die gestern den Angriff auf der Promenade mitansehen mussten. Es sind schon wilde Gerüchte im Umlauf. Die Einwohner und Urlauber müssen das Gefühl bekommen, dass die Polizei die Lage im Griff hat. – Ich setze eine Pressekonferenz für 17 Uhr an. Es wäre gut, wenn Sie bis dahin schon einige Fortschritte vorweisen könnten. Sie müssen mich auf jeden Fall bei diesem Termin unterstützen. Und ziehen Sie bitte Ihre Uniformen an, das wirkt seriöser.«

Bei Oltbecks letztem Satz streifte sein Blick Monas grell orangefarbenes Kapuzenshirt, in das sie an diesem Morgen geschlüpft war. Die Kommissarin verspürte keine Lust, in ihre von Wäschestärke bretthart Uniform zu steigen. Doch nach Lage der Dinge war dies momentan das geringste ihrer Probleme.

»Wir fahren jetzt zunächst ins Krankenhaus, um uns nach Blome zu erkundigen«, sagte Enno.

Der Chef nickte und erwiderte: »Geben Sie Bescheid, falls Sie bei den Ermittlungen Unterstützung brauchen. Die Pressekonferenz findet in der Kulturinsel statt, in unseren eigenen Räumen ist nicht genug Platz. Ich erwarte, dass Sie pünktlich sind.«

Nach Monas Meinung hatte es nichts Gutes zu bedeuten, dass Oltbeck offenbar mit zahlreichen Medienvertretern rechnete. Eine so spektakuläre Bluttat vor den Augen von vielen Zeugen war natürlich ein gefundenes Fressen für die Revolverblätter. Auf diese Art von Bekanntheit konnte die Kommissarin dankend verzichten. Enno schaute sie prüfend an, nachdem die beiden das Chefbüro verlassen hatten.

»Du machst dir hoffentlich keine Vorwürfe, weil du den Angriff nicht verhindern konntest?«

»Natürlich hätte ich das Verbrechen am liebsten verhindert. Aber das war gar nicht möglich. Dieser verfluchte Jogger hat das Messer erst gezogen, als er schon fast mit Blome zusammengestoßen wäre. Und ich war zehn bis zwölf Meter von ihm entfernt. Selbst, wenn ich sofort losgesprintet wäre, hätte ich es nicht geschafft. Und nachdem der Mistkerl zugestochen hatte, musste ich mich erst um das Opfer kümmern.«

»Ich hätte selbst nicht anders gehandelt, Mona. Der Täter muss Blome jedenfalls beobachtet oder belauscht haben. Woher hätte der Verbrecher sonst wissen können, dass er mit einer Polizistin verabredet war?«

»Blome hat mich ja angerufen«, dachte die Kriminalistin laut nach. »Wir sollten uns bei ihm daheim genauer umschauen. Ob er ein Mobiltelefon hat, weiß ich nicht.«

»Das werden wir schon noch herausfinden«, meinte Enno.

Während ihres Gesprächs hatten die beiden schon das Borkumer Stadtkrankenhaus in der Gartenstraße erreicht. Sie wandten sich an Dr. Siemers. Er sagte: »Ich kenne Herrn Blome, er spielt öfter mit meinem Onkel Boule. Gibt es einen Zusammenhang zwischen dem Anschlag auf ihn und dem Mord an Henner Welke?«

»Diese Frage versuchen wir gerade zu beantworten«, erwiderte Mona. »Wie geht es Ihrem Patienten?«

»Herr Blome hat eine schwere Bauchwunde erlitten. Ich habe ihn operiert. Sein Zustand ist stabil, doch er benötigt noch einige Bluttransfusionen. Leider kann ich Ihnen nicht sagen, wann er vernehmungsfähig sein wird. Momentan wirkt ohnehin noch die Narkose.«

»Können wir die Gegenstände mitnehmen, die er dabeihatte?«, bat Enno.

Der Arzt nickte und überreichte den Ermittlern eine Plastiktüte. Sie enthielt eine Brieftasche, eine Armbanduhr, einen Schlüsselbund und eine angebrochene Packung Papiertaschentücher. Ein Mobiltelefon war nicht dabei. Mona stellte Dr. Siemers eine Quittung für Blomes Habseligkeiten aus. Der Arzt versprach, sich zu melden, sobald sein Patient wieder bei Bewusstsein war. Nachdem die Kommissare sich verabschiedet hatten, schaute Mona sich im Auto den Inhalt der Brieftasche genauer an: »Laut seinem Personalausweis wohnt Blome im Geusenweg.«

Ihr Kollege startete den Motor. Der Geusenweg war eine ruhige Wohngegend in der Nähe vom Insel-Camping am nördlichen Ende der Hindenburgstraße. Der Rentner lebte in einem gepflegt wirkenden Gebäude mit vier Mietparteien. Enno griff zum Schlüsselbund und sagte: »Normalerweise bräuchten wir einen Durchsuchungsbeschluss, aber hier ist zweifellos Gefahr im Verzug.«

Mona nickte. Immerhin befand sich ein Mörder immer noch auf freiem Fuß. Während ihr Kollege die Tür aufschloss, legte sie die Hand auf ihren Pistolengriff. Die beiden wussten ja nicht, wer oder was sie in der Wohnung erwartete. Doch schnell stellte sich heraus, dass keine unmittelbare Gefahr drohte. Blomes Behausung bestand nur aus einem Zimmer mit Küchenzeile, Nasszelle und einer kleinen Terrasse. Der Rentner hatte nicht viel Platz, doch diesen nutzte er optimal. Es lagen keine Gegenstände herum, Blomes Schränke und Regale zeugten von penibler Ordnung. Mona betrachtete die Buchrücken und sagte: »Er hat seine Schmöker alphabetisch nach Autorennamen eingeräumt.«

»Hier wohnt offenbar ein Perfektionist«, vermutete Enno. Genau wie Mona hatte er Latexhandschuhe übergezogen. Während seine Kollegin den Wohn- und Schlafraum untersuchte, nahm er sich das Bad und die Küchenschränke vor. Die Einrichtungsgegenstände der kleinen Wohnung waren nach Monas Ansicht alt, aber gepflegt. Blome hatte entweder kein Geld oder kein Interesse daran, sich neue Möbel anzuschaffen. Sie zog die Schubladen des kleinen Schreibtischs auf. Was hatte dieser Mann ihr mitteilen wollen? Diese Frage ließ sich immer noch nicht befriedigend beantworten. Eine Zeit lang hatte sie geglaubt, er wolle sich nur wichtigmachen. Doch das konnte nicht sein, denn in Fall wäre er wohl nicht kurz vor dem Treffen mit ihr attackiert worden. Mona fand eine abgegriffene Kladde, die sich als Tagebuch entpuppte. Eigentlich widerstrebte es ihr, in den geheimsten Aufzeichnungen eines Menschen zu schnüffeln. Doch wenn sie dadurch einen Mord und einen Mordversuch aufdecken konnte, würde sie auch dies tun.

»Schau mal, was ich entdeckt habe!«, rief sie ihrem Kollegen zu.

Enno kam zu ihr herüber. Die beiden setzten sich nebeneinander auf das Sofa. Die Kommissarin hielt das Tagebuch so, dass ihr Kollege mitlesen konnte. Blomes Schrift war gestochen scharf. Allerdings nutzte er zum Teil Abkürzungen, deren Bedeutung wahrscheinlich nur er selbst kannte. Mona schlug die Kladde am Ende der beschriebenen Seiten auf, weil sie vor allem die Eintragungen der letzten Tage sichten wollte.

»Hier wird es gleich spannend, Enno! Blome schreibt vor vier Tagen: ›GHT zwischen Siemers u. Welke. Kriminell? PLZ?‹ – Was soll das bedeuten? GHT kann alles Mögliche heißen. Und PLZ ist doch das Kürzel für Postleitzahl, oder?«

»Eigentlich schon«, stimmte der Oberkommissar zu, »aber im Zusammenhang mit dem Wort kriminell passt das nicht so richtig. Wie wäre es mit Polizei statt Postleitzahl? Was tut ein braver Bürger, wenn er von einem Verbrechen Wind bekommt? Er verständigt die Polizei.«

Mona war skeptisch: »Einerseits stimme ich deiner Überlegung zu. Andererseits hat Blome diese Worte schon vor vier Tagen zu Papier gebracht. Warum hat er nicht längst mit uns Kontakt aufgenommen?«

Der Ostfriese deutete auf das Regal vor ihnen und antwortete: »Schau dich hier um. Ich halte Blome nicht für einen Menschen, der mit einem vagen Verdacht zu den Behörden rennt. Ein Perfektionist wie er will erst hundertprozentige Gewissheit, bevor er etwas unternimmt. Immerhin sind – oder waren – Siemers und Welke zwei gute Bekannte von ihm, mit denen er regelmäßig Boule gespielt hat. Bevor Blome einen falschen Verdacht äußert und es sich dadurch mit ihnen verdirbt, würde er sich wahrscheinlich Gewissheit verschaffen wollen.«

Die Kommissarin dachte über die Worte ihres Kollegen nach. Sie sagte: »Ja, so schätze ich Blomes Charakter auch ein. Als er diesen Eintrag vorgenommen hat, war Welke noch am Leben. Die Nachricht vom Tod seines Bekannten könnte ihn zusätzlich gebremst haben. Vielleicht bekam der Rentner kalte Füße und hat gezögert, zur Polizei zu gehen. Doch als wir ihn und Siemers dann auf dem Boule-Platz angesprochen haben, fasste er sich ein Herz. Natürlich wollte Blome nicht in Gegenwart von Siemers auspacken, den er ja offenbar für verdächtig hielt. Daher verabredete er sich abends mit mir, um die Katze aus dem Sack zu lassen.«

»Ja, so wird es gewesen sein. – Übrigens könnte GHT für *Geheimnistuerei* stehen«, meinte Enno, »und es ist keineswegs gesagt, dass Dr. Siemers' Onkel wirklich Dreck am Stecken hat. Ich halte die Geschichte von dem Kaufangebot für den Napoleondor für durchaus glaubhaft. Das wäre ja auch ein Grund, warum die beiden Männer die Köpfe zusammengesteckt haben. Solche Geschäfte wickelt man gern diskret ab, vermute ich.«

Die Kriminalistin ergänzte: »Und ob Siemers' Geschichte stimmt, lässt sich leicht überprüfen – indem wir uns den Napoleondor einfach von ihm zeigen lassen. Dann wäre es zwar immer noch möglich, dass Siemers etwas mit Welkes Tod zu tun hat – es kommt mir aber äußerst unwahrscheinlich vor. Ich sehe einfach kein Motiv, weder für den Mord an Welke noch für den Anschlag auf Blome.«

Sie widmete sich wieder dem Tagebuch. Einige weitere Einträge schienen sich auf das Wetter und auf die Show eines Gitarrenduos in der Musikkuppel zu beziehen. Blome hatte sich diesmal mit seinen Abkürzungen zurückgehalten, daher waren diese Worte leicht zu verstehen. Und dann ging es plötzlich um Welke. Mona las vor: »Hier steht: ›Welke = perfektes Symboltier. *Vive la France. Cherchez la femme*‹. – Warum muss dieser Mann sich so verklausuliert ausdrücken? Kann er nicht einfach schreiben, was er meint?«

»Blome gehört noch zur älteren Generation«, stellte der Ostfriese lächelnd fest und fuhr fort: »Damals ging man noch nicht so offen mit Erotik um wie heutzutage.«

Mona erwiderte: »Vielleicht habe ich ja ein Brett vor dem Kopf, aber ich kann diesen Zeilen auf den ersten Blick nichts Erotisches entnehmen. Es sei denn, man setzt das französische Wort für Frau – *femme* – gleich mit irgendwelchen Bettgeschichten gleich.«

Enno fragte: »Welches Symboltier steht für Frankreich?«

»Der Hahn, oder? Willst du jetzt mein Kreuzworträtselwissen testen?«

Er lachte und fuhr fort: »Wenn Blome Welke als perfektes Symboltier bezeichnet, ist der Hahn gemeint – oder der Hahnrei, also der betrogene Ehemann.«

Mona pfiff durch die Zähne und erwiderte: »Ah, der Groschen fällt bei mir pfennigweise! – Du meinst also, Juliane hätte ihren Ehemann betrogen? Und mit wem? Mit Siemers?«

Der Oberkommissar zuckte mit den Schultern: »Ja, warum nicht? Sie scheint ja auf ältere Semester zu stehen. Immerhin hat sie einen Mann geheiratet, der ihr Vater sein könnte.«

Mona ergänzte: »Und damit hätten wir außerdem ein Motiv für den Mordanschlag auf Blome – Siemers wollte den Mitwisser zum Schweigen bringen. – Es gibt nur einen Schönheitsfehler bei dieser Annahme: Der Täter, den ich auf der Promenade beobachtet habe, war niemals ein über siebzigjähriger Arzt im Ruhestand. In diesem Jogginganzug hat gewiss nicht Siemers gesteckt. Und auch nicht sein Neffe, denn im Gegensatz zu unserem geschätzten Krankenhausarzt hatte der Messermann Haare auf dem Kopf. Außerdem ist Dr. Siemers keinesfalls eins achtzig groß. Dafür habe ich einen Blick.«

Da sie selbst recht klein war, hatte die Kommissarin nach und nach ein ziemlich gutes Augenmaß dafür entwickelt, welche Länge eine Person aufwies. Diese Fähigkeit war ihr schon oft bei der Polizeiarbeit nützlich gewesen. Und dass sie aufgrund ihrer geringen Größe oft unterschätzt wurde, stellte sich im Endeffekt oft für sie selbst als Vorteil heraus.

Enno sagte: »Falls Juliane Welke wirklich fremdgegangen ist, muss ihr Liebhaber nicht zwangsläufig etwas mit unseren beiden aktuellen Fällen zu tun haben.«

»Zwei Fälle, die höchstwahrscheinlich zusammenhängen«, gab Mona zu bedenken.

Ihr Kollege erwiderte: »Oltbeck würde einen unwiderlegbaren Beweis verlangen. – Lass uns jetzt zu Siemers fahren und seine Goldmünze bewundern. Dann können wir zumindest diese Geschichte auf ihren Wahrheitsgehalt überprüfen.«

»Wobei er nicht automatisch als Verdächtiger ausfällt, nur weil er einen Napoleondor besitzt«, verdeutlichte die Kommissarin. Sie nahm das Tagebuch mit, um es später intensiver durchzuschauen.

Enno schloss die Wohnung wieder ab, und sie fuhren zu der Straße, die Am langen Wasser hieß. Dort bewohnte der verwitwete Onkel von Dr. Siemers allein ein altes Friesenhaus aus roten Ziegeln. Die beiden hatten sich nicht telefonisch angekündigt, um ihn überraschen zu können. Nachdem Enno mit seiner großen Faust gegen die Tür geklopft hatte, wurde ihnen geöffnet.

»Sie haben Glück, dass Sie mich antreffen«, sagte Siemers. »Ich wollte gerade eine Runde durch den Ort drehen und schauen, ob ich einen Partner zum Boule-Spielen finde.«

»Auf Blome werden Sie einstweilen vergeblich warten müssen«, sagte Mona und berichtete kurz, was am Vorabend geschehen war. Dabei musterte sie den pensionierten Arzt unauffällig. Seine Überraschung und Bestürzung schienen echt zu sein. Natürlich war das Mienenspiel einer Person noch kein Beweis, und ein schauspielerisch begabter Ganove konnte durch das Heucheln von Gefühlen die Polizei hinter das Licht führen. Doch meist lag Mona mit ihrer Einschätzung richtig.

»Das ist ja fürchterlich!«, stieß er hervor.

»Hat Ihr Neffe Sie noch gar nicht informiert?«, fragte die Kommissarin betont beiläufig. »Er war als Notarzt direkt vor Ort.«

»Er musste mal wieder eine Doppelschicht übernehmen und hatte gewiss noch keine Zeit für einen Plausch mit mir«, antwortete Siemers. Er fuhr fort: »Was verschafft mir die Ehre Ihres Besuchs? Sie werden doch gewiss nicht nur gekommen sein, um mir von Norbert Blomes Schicksal zu erzählen.«

»Wir möchten gern den Napoleondor sehen, für den sich Welke so brennend interessiert hat«, sagte Enno.

Siemers schien sich darüber zu freuen, dass er nicht länger über den Angriff auf Blome sprechen musste. Er ging zur westlichen Schmalwand seines Wohnzimmers und nahm ein gerahmtes Ölgemälde ab. Es zeigte die Viermastbark *Pamir* unter vollen Segeln. Noch viel interessanter als diesen historischen Windjammer fand Mona den kleinen Tresor, der hinter dem Bild in die Mauer eingelassen war. Siemers öffnete den Safe und holte ein Stück roten Samtstoff heraus. Darin eingeschlagen befand sich eine Münze, auf die eine Darstellung des Franzosenkaisers geprägt war.

»Der Napoleondor unserer Familie«, erklärte Siemers feierlich. »Wir haben ihn niemals ausgegeben – nicht in einem der Weltkriege und auch nicht während der Hyperinflation der Zwanzigerjahre. Damals hätte man dafür wahrscheinlich ein Luxushotel kaufen können.«

Dem pensionierten Arzt war anzumerken, dass er sich gern noch länger über seine Goldmünze oder über vergangene Zeiten unterhalten hätte. Mona hingegen interessierte sich für einen anderen Punkt: »Kennen Sie eigentlich Juliane Welke?«

»Ja, sie wurde uns mal kurz vorgestellt«, antwortete Siemers und ergänzte: »Wir spielten mit Welke Boule, als sie vorbeikam. Sie wirkte gelangweilt. Ich konnte mit ihr nichts anfangen.«

»Sie ist eine attraktive Frau«, stellte die Kommissarin fest.

»Ja, das stimmt«, erwiderte Welke. »Deshalb muss ich mich aber noch lange nicht für sie interessieren. Ich war mit meiner Marie zweiunddreißig Jahre lang glücklich verheiratet. Ich könnte mir nicht vorstellen, sie durch eine andere Frau zu ersetzen.«

Darauf erwiderte Mona nichts. Siemers kam ihr bei dieser Aussage aufrichtig vor. Und ihr fehlte die Fantasie, sich diesen Mann und Juliane Welke als turtelndes Liebespaar vorzustellen.

»Wir wollen Sie nicht länger aufhalten. Vielen Dank, dass Sie uns den Napoleondor gezeigt haben«, sagte sie zum Abschied. Nachdem die Kommissare das Haus des Witwers verlassen hatten, klingelte Monas Smartphone. Sie meldete sich mit Namen und Dienstgrad.

»Moin, hier spricht Jürgen Schuster. Ich bin Inhaber einer Münzhandlung in Emden. Sie hatten mir eine Warnung wegen des Ankaufs von französischen Goldmünzen zukommen lassen …«

»Ja, richtig«, erwiderte Mona. Sie lauschte gespannt.

»Vorhin war eine junge Dame hier, die mir einen Louisdor verkaufen wollte. Sie wirkte nervös. Ich behauptete, momentan kein Interesse an Goldmünzen zu haben. Sie wirkte enttäuscht und verließ mein Geschäft wieder.«

Die Kommissarin bat den Münzhändler, die Frau so genau wie möglich zu beschreiben.

»Das war sehr hilfreich, Herr Schuster.«

Mit diesen Worten beendete Mona das kurze Telefonat.

Der Oberkommissar schaute sie fragend an.

Sie sagte: »Es sieht ganz so aus, als ob Felka auf geheimnisvolle Art und Weise in den Besitz einer antiken französischen Münze gelangt wäre.«

»Du meinst Ulf Turms heimlichen Schwarm, seine Kollegin aus dem Andenkenladen?«

»Genau die, Enno.«

## Kapitel 9

Die Kommissarin hatte eine Idee. Sie telefonierte schnell die anderen Münzhändler ab, die es in Emden gab. Auch bei ihnen hatte die Frau vergeblich ihr Glück versucht. Mona steckte ihr Smartphone wieder weg und sagte zu Enno: »Die Verdächtige hat offensichtlich auf dem Festland auf Granit gebissen. Ich sehe als wahrscheinlichste Möglichkeiten, dass sie entweder noch andere Städte abklappert oder mit der nächsten Fähre nach Borkum zurückkehrt.«

»Wir könnten sie am Hafen abfangen und ihr einige Fragen stellen«, schlug der Oberkommissar vor. Und er fügte hinzu: »Und bis das Schiff hier einläuft, wäre auch noch Zeit für eine Mittagspause.«

»Ja, das lässt sich einrichten«, erwiderte seine Kollegin augenzwinkernd.

Die beiden fuhren auf der Reedestraße zum Hafen hinunter. Das Lokal von Monas Freund Jan Lummer hatte mittags noch nicht geöffnet. Beim Gedanken an ihn bekam sie sofort ein schlechtes Gewissen. Sie wollte ihn unbedingt so bald wie möglich treffen. Wenn sie einen schwierigen Kriminalfall lösen musste, kam ihr Privatleben leider oft zu kurz. Zum Glück war Jan sehr verständnisvoll, aber sie wollte seine Geduld nicht überstrapazieren.

Das *Café Am Yachthafen* bot einen herrlichen Blick über die Nordsee und die Hafenanlagen. Die Ermittler suchten sich einen Tisch auf der Terrasse. Enno bestellte sich die Putensteaks »Alfredo«, Mona wollte die Rühreier mit Schinken und Röstkartoffeln. Sie tranken alkoholfreies Bier, während sie auf ihre Gerichte warteten.

»Ulf Turm könnte die Münzsammlung entwendet haben«, dachte der Ostfriese laut nach, »aber wenn ich an deine Schilderung des sportlichen Messerangreifers denke, dann sehe ich nicht diesen Andenkenverkäufer vor mir.«

»Schöner hätte ich es auch nicht ausdrücken können«, erwiderte Mona. Sie fügte hinzu: »Es wäre ja schon ein Erfolg, wenn wir einen Zusammenhang zwischen Welkes Tod und dem Diebstahl seiner Münzen ausschließen könnten. – Wenn es bei dem Mord nicht um Geld ging, dann höchstwahrscheinlich um seine schöne junge Ehefrau.«

»Also ein Liebhaber, der bei Juliane freie Bahn haben will?«

»Du sagst es, Enno. Wir sollten herausfinden, ob es eine Lebensversicherung zugunsten der Gattin gibt. Auf jeden Fall wird sie ihren Mann beerben, falls kein anderslautendes Testament existiert.«

»Also gehst du davon aus, dass Welke sein Vermögen nicht der Napoleon-Gesellschaft oder einem ähnlichen Verein vermacht?«, fragte der Oberkommissar augenzwinkernd.

»Ja, das wäre ihm zuzutrauen«, erwiderte Mona lachend, wurde aber sofort wieder ernst. Sie sagte: »Es macht mich nervös, dass jemand mitten auf der Promenade mit einem Messer zusticht und immer noch frei herumläuft.«

»Das geht mir genauso«, versicherte ihr Kollege, »aber wir müssen einen kühlen Kopf bewahren. – Denk daran, wie viele gefährliche Verbrecher wir schon hinter Gitter gebracht haben.«

Wenig später wurde das Essen serviert, und die beiden ließen es sich schmecken. Mona bewunderte den erfahrenen Ermittler für seine Zuversicht und die Fähigkeit, auch in verfahrenen Situationen nicht den Kopf zu verlieren. Sie konnte noch viel von ihm lernen; allerdings bezweifelte Mona, dass sie ihr überschäumendes Temperament jemals vollständig in den Griff würde bekommen können. Nachdem sie gezahlt hatten, gingen die beiden zum nahe gelegenen Fährhafen hinüber, wo die Schiffe aus Emden und Eemshaven anlegten.

»Die Fähre ist pünktlich«, stellte der Oberkommissar fest. Auch Mona erblickte nun den kleinen weißen Fleck am Horizont, der allmählich größer wurde und sich als die Autofähre *Ostfriesland* entpuppte. Die Kriminalisten postierten sich in Sichtweite der Gangway. Falls die Verdächtige nicht mit einem PKW unterwegs gewesen war, musste sie das Schiff auf diesem Weg verlassen – vorausgesetzt, sie war überhaupt an Bord.

Monas Anspannung stieg, als die ersten Passagiere die Fähre verließen. Die Kommissarin hatte Felka nur einmal flüchtig gesehen, doch sie verfügte berufsbedingt über ein gutes Personengedächtnis. Ihr Pulsschlag beschleunigte sich, als sie wenig später tatsächlich die blonde Frau bemerkte. Sie stieß Enno leicht an. Er hatte die Verdächtige ebenfalls erblickt und nickte leicht. Die Ermittler warteten, bis die Frau sich von der Gangway entfernte und wie alle anderen Reisenden zur wartenden Inselbahn eilen wollte.

»Moin, ich bin Kommissarin Sander. Das ist Oberkommissar Moll. Wir sind von der Polizei Borkum und möchten uns mit Ihnen unterhalten.«

Die Frau riss ihre großen blauen Augen auf. Mona fand, dass ihr das Schuldbewusstsein förmlich ins Gesicht geschrieben stand.

*

Enno machte eine einladende Geste, wobei er auf den in der Nähe geparkten Dienstwagen deutete.

»Heute müssen Sie nicht die Bahn nehmen, wir chauffieren Sie in den Ort.«

Die Reisende zeigte unaufgefordert ihren polnischen Reisepass. Sie hieß Felka Milosz und stammte aus Warschau.

»Ich habe nichts getan!«, beteuerte die Verkäuferin. Sie trug Jeans, Sneakers und eine modisch geschnittene violette Wolljacke. Ihr Haar hatte sie hochgesteckt, und sie war dezent geschminkt. Felka Milosz sprach mit einem leichten Akzent, war aber gut zu verstehen.

»Das behauptet auch niemand. Aber Sie könnten uns bei der Aufklärung eines Verbrechens helfen«, sagte der Oberkommissar. Seine onkelhafte Freundlichkeit schien wieder einmal Wunder zu wirken. Die Frau begann jedenfalls nicht zu diskutieren, sondern folgte den Ermittlern widerstandslos zum Wagen. Während der Fahrt zur Polizeistation im Ortszentrum hüllte sie sich in Schweigen. Mona hatte sich zu ihr auf die Rückbank gesetzt. Es entging ihr nicht, dass Felka Milosz mehrfach an ihrer Unterlippe zu kauen begann. Dies war offenbar eine nervöse Angewohnheit, die ihr selbst missfiel. Jedenfalls hörte sie mehrfach damit auf, um wenig später erneut zu beginnen.

»Möchten Sie einen Tee?«, fragte Enno, nachdem er die Verkäuferin in den Verhörraum geführt hatte. Er und Mona nahmen ihr gegenüber am Tisch Platz.

»Nein, danke. Ich will wissen, warum ich hier bin.«

Felka Milosz versuchte resolut zu klingen, doch ihre Stimme zitterte leicht. Bevor die Kommissare antworten konnten, öffnete sie ihre Handtasche, zog eine Goldmünze hervor und legte diese auf die Tischplatte.

»Das war ein Geschenk!«, stellte sie klar.

Die kommt ja schneller zur Sache, als ich gehofft hatte, dachte die Kriminalistin und sagte: »Wir wissen, dass Sie diese Münze heute verkaufen wollten. Erzählen Sie uns bitte, wie es dazu kam.«

Nachdem Mona diese Sätze ausgesprochen hatte, betrachtete sie die Münze genauer. Sie war etwas kleiner als der Napoleondor, den sie bei Siemers gesehen hatte. Und der eingeprägte Kopf schien nicht zu dem legendären Franzosenkaiser zu gehören. Ob dies hier ein Louisdor war?

»Warum wollen Sie das wissen?«

Enno antwortete auf Felka Milosz' Frage: »Wir glauben, dass diese Münze gestohlen wurde.«

»Ich habe nichts gestohlen!«

»Sie behaupten, es würde sich um ein Geschenk handeln«, sagte Mona, »und von wem stammt es?«

Die Souvenirverkäuferin antwortete nicht sofort. Doch sie schien zu begreifen, dass sie durch Schweigen nicht weiterkam. Nach einer Weile erwiderte sie: »Ulf Turm ist mein Arbeitskollege im Laden. Ich weiß, dass er – wie sagt man auf Deutsch – mit mir schwärmt.«

»Für Sie schwärmt«, berichtigte die Kommissarin.

»Ja, er ist in mich verliebt. Aber ich habe ihm nie Hoffnungen gemacht, das müssen Sie mir glauben. Ich werde nächstes Jahr heiraten. Mein Verlobter heißt Andrej. Er arbeitet auch, aber in London. Wir sehen uns erst Weihnachten wieder.«

»Das Geschenk von Turm haben Sie trotzdem angenommen«, stellte Mona fest.

Die Verkäuferin nickte.

»Ja, Frau Sander. Ich fühle mich deshalb schlecht, das können Sie mir glauben.«

»Und warum wollten Sie die Goldmünze bei der ersten Gelegenheit verkaufen?«

»Meine Mutter ist krank, die Medikamente sind teuer. Was soll ich mit so einer alten Münze anfangen? Ulf hat gesagt, sie wäre ein paar Tausend Euro wert. Heute ist mein freier Tag. Ich habe im Internet herausgefunden, dass es in Emden Händler gibt, die solche Münzen kaufen. Aber das stimmt wohl nicht, keiner von ihnen wollte sie haben.«

Felka Milosz tat der Kommissarin leid. Und sie fragte sich, ob sie an ihrer Stelle anders gehandelt hätte.

»Hat Turm Ihnen gesagt, woher er die Münze hat?«, wollte Mona wissen.

»Er behauptete, es wäre ein altes Erbstück seiner Familie. Ich habe nicht danach gefragt, ob es stimmt. Das war wohl ein Fehler«, murmelte die Verkäuferin.

Hatte sie gewusst oder geahnt, dass dieses Geschenk vermutlich ein Teil der gestohlenen Münzsammlung war? Dies würde sich wohl kaum beweisen lassen. Mona tippte die Aussage der Zeugin schnell ab, dann durfte Felka Milosz das Protokoll durchlesen und unterschreiben.

Enno erklärte: »Wir müssen die Münze beschlagnahmen, bis die Herkunft geklärt ist. Falls es sich wirklich um ein Erbstück von Herrn Turm handelt, bekommen Sie Ihr Geschenk natürlich zurück.«

Felka Milosz nickte. Sie schien nur froh zu sein, die Wache wieder verlassen zu dürfen. Nachdem die Verkäuferin fort war, schaute Enno auf die Uhr: »Ich würde mir ja jetzt gern Ulf Turm vorknöpfen, aber in Bälde steht die Pressekonferenz an. Oltbeck macht uns die Hölle heiß, wenn wir zu spät kommen oder ihn gar hängenlassen.«

»Also machen wir die Pausenclowns für die Pressemeute«, gab Mona seufzend zurück. Es gab nicht wirklich bahnbrechende Erkenntnisse, die für die Öffentlichkeit bestimmt waren. Am liebsten hätte die Kommissarin das Gespräch mit den Medien verschoben, bis der Mörder hinter Schloss und Riegel war. Aber das war illusorisch. Es lag auf der Hand, dass der Chef den heutigen Termin als Beruhigungspille für Borkumer und Touristen einsetzen wollte.

»Wir treffen uns dann in der Kulturinsel.«

Mit diesen Worten verabschiedete die Kommissarin sich vorübergehend von ihrem Kollegen. Sie radelte nach Hause und zog sich um. Wenn Mona Uniform trug, kam sie sich in den ersten Minuten wie verkleidet vor. Als sie noch im Streifendienst arbeitete, war die blaue Montur ihre normale Arbeitskleidung gewesen. Doch seit sie als Zivilfahnderin durch Borkums Straßen streifte, hatte sie sich an ihre übliche Kombination aus Jeans und T-Shirt oder Pullover gewöhnt. Mona düste direkt zur Kulturinsel. Das war ein Veranstaltungszentrum in unmittelbarer Strandnähe, wo Vorträge, Konzerte und vieles mehr stattfanden. Sie schaffte es, zeitgleich mit Oltbeck einzutreffen, wodurch sie sich einen Anpfiff ersparte. Enno hatte bereits an dem langen Tisch auf der Bühne Platz genommen. Hinter ihm waren das Borkumer Wappen sowie die Worte POLIZEI

BORKUM auf einer großen Stellwand zu sehen. Mona und der Chef setzten sich zu ihm. Es war kurz vor 17 Uhr. Einige Medienvertreter hatten sich schon in dem Saal eingefunden. Für Mona war es nicht die erste Pressekonferenz. Daher kannte sie einige der Journalisten zumindest vom Sehen. Die Kriminalreporterin vom *Friesenblatt* war bei solchen Gelegenheiten stets dabei, ebenso ihre Kollegen von den anderen Lokalzeitungen sowie die Dame vom NDR Hörfunk. Doch es gab auch unbekannte Gesichter, worüber die Kriminalistin sich nicht wunderte. Von den großen überregionalen Medien wurde gewiss höchstens ein Volontär oder Praktikant auf die kleine Nordseeinsel geschickt, wenn überhaupt.

Punkt 17 Uhr klopfte Oltbeck gegen sein Mikrofon. Er stellte zunächst seine Untergebenen und sich selbst vor, dann sagte er: »Meine Damen und Herren, unsere friedliche Insel wurde innerhalb kürzester Zeit von einem Mord und einem versuchten Tötungsdelikt erschüttert. Mein Team und ich arbeiten mit Hochdruck daran, diese Taten aufzuklären und den Schutz unserer Mitbürger zu gewährleisten. – Ich übergebe nun das Wort an Oberkommissar Moll.«

Enno räusperte sich und schilderte in groben Zügen, wie Welke ums Leben gekommen war und Blome niedergestochen wurde. Dabei beschränkte er sich bewusst auf die Fakten, die zufällig vorbeikommende Zeugen selbst hätten herausfinden können. Beispielsweise ließ er die am Tatort sichergestellte Boule-Kugel unerwähnt. Man hätte schon direkt an die Leiche herantreten müssen, um den Gegenstand zu bemerken. Darum gingen die Ermittler davon aus, dass ein Verdächtiger sich selbst verraten würde, wenn er sie erwähnte – weil es sich wahrscheinlich um Täterwissen handelte. Zu dem Angriff auf Blome sagte der Oberkommissar nur, dass der Attackierte die Tat überlebt hätte und die Ermittlungen auf Hochtouren liefen.

»Sie dürfen jetzt Ihre Fragen stellen«, kündigte der Dienststellenleiter an.

Die Journalisten redeten wild durcheinander, aber schließlich bekam die Reporterin vom *Friesenblatt* die erste Wortmeldung.

»Handelt es sich um ein Zufallsopfer?«, wollte sie wissen.

»Dazu können wir uns noch nicht äußern«, sagte Enno.

»Rechnen Sie mit weiteren Mordanschlägen auf Borkum?«

Diese Frage wurde von Mona beantwortet: »Wir werden alles tun, um dies zu verhindern.«

»Sind Sie sicher, dass Sie schnell genug dafür sind?«, erkundigte sich ein anderer Reporter mit scheinbarer Unschuldsmiene. Doch in seinen Augen konnte die Kommissarin den Spott deutlich erkennen. Sie horchte auf. Hatte der Kerl sie persönlich oder die Polizei im Allgemeinen angesprochen? Und falls Ersteres der Fall war – beobachtete er die Kommissarin? Woher sonst hätte er wissen können, dass sie regelmäßig joggte? Sie gehörte nicht zu den Menschen, die ihr ganzes Leben in den sozialen Medien veröffentlichten. Oder war seine Frage nur ein Schuss ins Blaue gewesen, um eine unüberlegte Antwort zu provozieren? Mona beschloss, nicht in diese Falle zu tappen.

Sie lächelte unverbindlich und sagte: »Wir sind hier nicht bei der Olympiade, sondern bei einer Morduntersuchung. Seien Sie versichert, dass wir über die nötigen Ressourcen verfügen, um den oder die Täter zur Verantwortung zu ziehen.«

Der Medienvertreter gab keine Ruhe: »Also wissen Sie noch nicht, um wie viele Personen es sich handelt? Oder ob verschiedene Täter für die beiden Straftaten verantwortlich sind?«

»Aus ermittlungstaktischen Gründen können wir diese Fragen leider nicht beantworten.«

Diese Reaktion kam von Enno. Mona war sicher, dass auch ihrem Kollegen das Verhalten des unbekannten Journalisten verdächtig vorkam. Ob sie es mit dem Messerangreifer zu tun hatten? Würde er wirklich so dreist sein, sich in eine Pressekonferenz der Polizei zu setzen? Nun, der Verbrecher hatte auch keine Hemmungen gekannt, in Gegenwart von zahlreichen Zeugen zuzustechen und dann zu verschwinden. Insofern fand sie ihre Überlegung nicht vollkommen abwegig. Sie versuchte, sich ihr Misstrauen nicht anmerken zu lassen. Während andere Reporter sich zu Wort meldeten, musterte Mona den Journalisten so unauffällig wie möglich. Er saß in der zweiten Stuhlreihe, ungefähr sechs oder sieben Meter von ihr entfernt. Seine Figur wirkte schlank und sportlich. Sie schätzte ihn auf Mitte dreißig. Er trug Jeans und ein dunkles Polohemd. Auf dem freien Stuhl neben ihm lag eine Windjacke aus marineblauem Stoff.

Ihre Blicke trafen sich. Mona senkte schnell den Kopf und tat so, als ob sie sich in ihre Unterlagen vertiefen würde. Aus dem Augenwinkel glaubte sie, ein überlegenes Lächeln auf den Lippen des dunkelhaarigen Mannes bemerken zu können.

»Was tun Sie, um die Bevölkerung zu schützen?«

Diese Frage kam von der Kriminalreporterin des *Friesenblatts*.

Oltbeck antwortete, dass die Polizeipräsenz in der Öffentlichkeit verstärkt werden sollte. Er fügte hinzu: »Ansonsten vertraue ich auf das Geschick meiner bewährten Mordermittler. – Meine Damen und Herren, ich danke Ihnen für Ihre Zeit.«

Mit diesen Worten beendete der Dienststellenleiter die Pressekonferenz. Die Medienvertreter strömten zum Ausgang. Mona hätte gern mit dem dunkelhaarigen Reporter gesprochen, aber er hatte schneller als seine Kollegen den Raum verlassen. Natürlich hätte sie ihm nacheilen und nach seinem Ausweis fragen können. Doch falls ihr Bauchgefühl falsch war, würde sie sich bis auf die Knochen blamieren – und zwar ausgerechnet in Gegenwart ihres Chefs. Falls mit diesem Mann etwas nicht stimmte, würde sie dafür bessere Hinweise liefern müssen als ein Grinsen und eine herausfordernde Frage.

Nun wandte Enno sich ihr zu.

»Wir haben noch etwas vor«, erinnerte der Oberkommissar. Sie wusste, wovon er sprach. Die Kommissare wollten Ulf Turm auf sein kostspieliges Geschenk ansprechen.

## Kapitel 10

Mona und Enno waren nach wie vor in Uniform. Daher musste Turms Mutter nicht rätseln, mit wem sie es zu tun hatte. Außerdem handelte es sich bei ihr um eine alteingesessene Insulanerin. Daher wusste sie zumindest von Enno, was für einen Beruf er ausübte. Sie blickte erstaunt zu ihm auf, nachdem sie die Haustür geöffnet hatte.

»Was ist denn los, Enno? Ist etwas passiert?«

»Moin, Lieke. – Das ist übrigens meine Kollegin Mona Sander. Wir müssen mit deinem Sohn sprechen.«

»Kommt rein, wir sitzen gerade am Abendbrottisch.«

Die beiden nahmen ihre Mützen ab und folgten ihr ins Haus. Ulf Turm saß mit seinem Vater in der Küche und hatte sich offenbar gerade ein Leberwurstbrot geschmiert. Es roch nach starkem Ostfriesentee und nach sauren Gurken. Der Souvenirverkäufer versuchte, sein Erschrecken angesichts des Polizeibesuchs zu verbergen. Er lächelte verkniffen und fragte: »Ist im Laden eingebrochen worden?«

»Wir müssen Sie bitten, uns zur Wache zu begleiten«, erwiderte Mona in sachlichem Tonfall.

Turm zögerte, legte dann aber seine Serviette auf den Tisch und stand auf.

»Ich bin bald wieder hier, Mama und Papa. Das ist bestimmt nur ein Missverständnis.«

Nachdem der Verdächtige seine Pantoffeln gegen Straßenschuhe vertauscht hatte, ging er mit den Ermittlern hinaus. Den Weg zur Polizeistation legten sie schweigend zurück. Turm versuchte mehrmals, ein Gespräch anzufangen, doch die Kommissare ließen ihn auflaufen. Er sollte kapieren, dass er sich in einer ernsten Lage befand.

Im Verhörraum sagte Enno: »Wir befragen Sie heute als Beschuldigten einer Straftat. Sie müssen sich nicht selbst belasten und haben das Recht, einen Strafverteidiger hinzuzuziehen.«

Turm schien in eine Schockstarre zu verfallen. Hatte er wirklich geglaubt, dass er ungeschoren davonkommen würde?

»Ich weiß nicht, was Sie von mir wollen«, brachte er stammelnd hervor.

Mona legte die bei Felka Milosz' Vernehmung beschlagnahmte Münze auf den Tisch und sagte: »Sie sollten die Spielchen sein lassen, Herr Turm. Wollen Sie Ihren Eltern wirklich eine offizielle Hausdurchsuchung zumuten? Wir wissen, woher diese Goldmünze stammt. Und ich bin sicher, dass wir auch den Rest von Welkes Münzsammlung bei Ihnen finden werden.«

Die Worte der Kommissarin schienen den Verdächtigen wie Keulenschläge zu treffen. In Monas Augen war er kein hartgesottener Krimineller, sondern nur ein schwacher Mann, der eine vermeintlich gute Gelegenheit ausgenutzt hatte.

»Felka weiß nicht, woher ich den Louisdor habe«, beteuerte Turm, »machen Sie ihr bitte keine Schwierigkeiten.«

»Wenn Ihre Arbeitskollegin keine Kenntnis von einem Verbrechen hatte, muss sie nichts befürchten«, erklärte Enno und fuhr fort: »Behalten darf sie die Münze aber natürlich nicht. – Sie geben also zu, Henner Welkes Münzsammlung gestohlen zu haben?«

»Ja, ich war es. – Aber mit seinem Tod habe ich nichts zu tun!«

»Dazu kommen wir noch«, stellte Mona klar. Sie fragte: »Wann haben Sie den Diebstahl begangen?«

»In der Nacht vom 21. auf den 22. September.«

Die Kommissarin schrieb mit. Das war der Zeitraum, in dem Welke erschlagen worden war. Sie hakte nach: »Woher wussten Sie, dass Welke nicht daheim sein würde? Oder riskierten Sie, von ihm bemerkt zu werden?«

Turm sagte: »Ich spiele ja regelmäßig Boule mit ihm, Frau Sander. Und wenn man seine gelegentlichen Bemerkungen zusammenreimt, kann man sich ein ganz interessantes Bild von ihm und von seinem Privatleben machen.«

»Und wie sehen Ihre Schlussfolgerungen aus?«, fragte die Kommissarin.

Die Antwort lautete: »Welke war ein eitler Pfau, der sich selbst für unwiderstehlich hielt. Er redete gern über seine wertvolle Münzsammlung, die weit und breit einzigartig wäre. Aber das war buchstäblich nur eine Seite der Medaille. Genauso wichtig war ihm sein Selbstbild als unwiderstehlicher Liebhaber. Es gab bei ihm auch schwache Momente, wo er sich über die Migräneattacken seiner Frau beklagte, die sein Liebesleben torpedieren würden.«

Mona konnte sich denken, worauf Turms Geständnis hinauslief. Doch sie wollte ihm die Worte nicht in den Mund legen. Also forderte sie ihn auf, weiterzureden. Das tat er: »Ich hatte mir in den Kopf gesetzt, Felka mit einem teuren Geschenk zu beeindrucken. Aber mit meinem bescheidenen Gehalt hätte ich mir das niemals leisten können. Also überlegte ich, wie ich an Welkes Münzsammlung kommen könnte. Ich begann damit, ihn heimlich zu beobachten. Und ich fand heraus, dass er sich öfter nach Einbruch der Dunkelheit aus dem Haus schlich.«

»Wohin ging er?«

»Das weiß ich nicht, Herr Moll. Es spielte für mich keine Rolle. Entscheidend war, dass Welke in diesen Nächten erst im Morgengrauen zurückkehrte. Er hatte mal erwähnt, dass er und seine Frau wegen dieser Migräneattacken getrennte Schlafzimmer hatten. Wenn ich ihm nachspionierte, bemerkte ich natürlich, in welchem Zimmer nach seiner Rückkehr das Licht eingeschaltet wurde. Daher wusste ich, in welchem Raum sein Bett stand.«

»Kommen wir auf die Nacht zu sprechen, in der Sie den Einbruch begingen«, forderte Mona. Jetzt, wo Turm mit seinem Geständnis begonnen hatte, gab es kein Halten mehr. Er hörte sich stolz an, als er von der Tat erzählte: »Meine Eltern gehen früh schlafen. Sie merken nicht, wenn ich abends noch das Haus verlasse. Ich legte mich bei Welke auf die Lauer, weil ich hoffte, dass er verschwinden würde. Und das tat er auch.«

»Um welche Uhrzeit verließ er sein Haus?«, warf Enno ein.

»Es war kurz nach zweiundzwanzig Uhr, Herr Moll. Ich wartete noch eine Weile, aber in dem Gebäude brannte nirgendwo Licht. Ich vermutete, dass seine Frau sich hingelegt hätte. In der Nähe gab es eine Baustelle. Dort lieh ich mir eine Leiter aus und stellte sie gegen die Wand. Natürlich gab es das Risiko, bemerkt zu werden. Aber die Nachbarn gegenüber hatten die Fensterläden geschlossen, und ich wollte mich nicht allzu lange drinnen aufhalten. Das Fenster konnte ich einfach aufdrücken, nachdem ich den Riegel mit einer Messerklinge gehoben hatte. Im Schlafzimmer musste ich nicht lange suchen, bis ich die Münzsammlung fand. Ich steckte sie in meinen Rucksack und verschwand wieder. Die ganze Aktion kann keine zehn Minuten gedauert haben.«

»Und was ist mit Welkes Boule-Kugeln? Haben Sie die auch mitgenommen?«, fragte Mona.

Turm warf ihr einen verständnislosen Blick zu und schüttelte den Kopf.

»Nein, Frau Sander. Warum hätte ich das tun sollen? Solche Metallbälle bekommt man doch überall für ein paar Euro.«

Ob der Dieb die Wahrheit sagte? Aber warum sollte er ausgerechnet an diesem Punkt schwindeln? Wenn Turm die Kugeln nicht an sich genommen hatte, musste eine andere Person sie haben. Möglicherweise führte Welke sie bei sich, bevor er auf seinen Mörder traf. In dem Fall hätte die andere Person die Kugeln des Opfers mitgenommen haben müssen, denn sie waren ja nicht am Tatort gewesen. Die Kommissarin hakte nach: »Konnten Sie erkennen, ob Welke seine Boule-Bälle bei sich hatte, als er das Haus verließ?«

»Darauf habe ich nicht geachtet«, lautete die Antwort. »Es war ziemlich dunkel, und außerdem wollte ich ihm nicht zu nahe kommen. Er sollte mich ja nicht bemerken.«

»Wie ging es nach dem Einbruch weiter?«, erkundigte Enno sich.

Turm antwortete: »Ich ging heim und versteckte die Münzsammlung in meinem Zimmer. Ich suchte ein besonders schönes Exemplar heraus und schenkte es Felka. Ich habe ihr gesagt, dass es ein Familienerbstück sei.«

»Und wo waren Sie in der Nacht vom 21. Auf den 22. September zwischen Mitternacht und sechs Uhr morgens?«, wollte Mona wissen.

»Da habe ich geschlafen«, behauptete der Verdächtige.

»Gibt es dafür Zeugen?«

»Meine Eltern ...«, begann er, doch die Ermittlerin fiel ihm ins Wort: »Sie haben vorhin selbst eingeräumt, dass Ihr Vater und Ihre Mutter nicht bemerken, wenn Sie sich hinausschleichen. Warum sollten sie bestätigen können, ob Sie während dieses Zeitraums anwesend waren?«

Darauf antwortete Turm nicht. Wahrscheinlich, weil er wusste, dass Mona recht hatte. Enno sagte: »Wir werden Sie nicht verhaften, weil Sie einen festen Wohnsitz und einen Arbeitsplatz haben. Aus unserer Sicht besteht keine Fluchtgefahr. Aber wir begleiten Sie jetzt nach Hause, damit Sie uns die übrigen Münzen aushändigen können.«

Diese Ankündigung schien Turm nicht zu erfreuen. Er sah so aus, als ob er sich momentan in der Arrestzelle wohler gefühlt hätte.

Er wird seinen Eltern viel zu erklären haben, dachte die Kriminalistin. Ihr Mitgefühl hielt sich in Grenzen, denn dieser Mann war für seine Situation selbst verantwortlich. Mona glaubte nicht, dass Felka ihm Hoffnungen gemacht hatte. Die Eltern des Münzdiebs freuten sich, ihren Sohn schon so bald wiederzusehen. Doch als er Enno den Kasten mit der Sammlung übergeben hatte, wurde ihr Argwohn geweckt.

»Was hast du den Polizisten da gerade gegeben, Ulf?«, wollte seine Mutter wissen.

Er gab zunächst keine Antwort.

»Wir verabschieden uns«, sagte Mona und fügte hinzu: »Erscheinen Sie bitte morgen auf der Dienststelle, um das Verhörprotokoll zu unterschreiben. Außerdem bekommen Sie demnächst Post von der Staatsanwaltschaft.«

Als die Außentür hinter den Kommissaren geschlossen wurde, entbrannte im Haus ein lautstarker Streit. Aber dies ging die Ermittler nichts an, solange niemand handgreiflich wurde.

»Turm ist ein weltfremder verliebter Trottel, aber kein Mörder«, meinte Mona, während sie an Ennos Seite durch das nächtlich-stille Zentrum der Insel schlenderte.

»Ja, ich stimme dir zu. – Immerhin konnten wir den Verbleib der Münzen aufklären. Und außerdem hat der Dieb uns einen wichtigen Hinweis gegeben. – Welke war also öfter nach Einbruch der Dunkelheit allein unterwegs. Der Verdacht auf außereheliche Aktivitäten liegt nahe. Juliane Welke hat ja selbst gesagt, dass sie während ihrer Migräne-Attacken absolute Ruhe braucht. Wir sollten zumindest in Erwägung ziehen, dass ihr Ehemann die Kirschen aus Nachbars Garten naschen wollte.«

»Was für eine botanisch-blumige Umschreibung für Ehebruch!«, gab seine Kollegin lachend zurück. Sie fuhr fort: »Nein, ernsthaft: Falls diese Annahme zutrifft, ergibt sich ein überzeugendes Mordmotiv. Ein eifersüchtiger Ehemann oder ein Nebenbuhler könnte den ›Möchtegern-Franzosen‹ mit einer Boule-Kugel erschlagen haben!«

»Ja, in diese Richtung sollten wir morgen intensiv ermitteln«, meinte der Oberkommissar und gähnte verhalten.

Seine Kollegin wünschte ihm einen schönen Feierabend. Es war spät geworden, aber sie fühlte sich noch völlig aufgedreht. Mona erinnerte sich an ihren Vorsatz, Jan Lummer nicht zu vernachlässigen. Also fuhr sie auf der Reedestraße Richtung Hafen und ließ sich den Nachtwind um die Nase wehen. Bei ihrem Freund wusste sie jedenfalls meist, wo sie ihn antreffen konnte – nämlich hinter der Theke seines Lokals *Nordsee Kajüte*.

Sie hatte sich nicht geirrt. Jan zapfte gerade Bier, als sie den gemütlichen Seglertreff betrat. Ihr Freund hatte die Wände mit allerlei maritimem Krimskrams dekoriert, vom Rettungsring bis zum hölzernen Steuerrad. Viele dieser Gegenstände waren Strandgut.

Einige davon hatte Mona sogar höchstpersönlich bei ihrem morgendlichen Training in der Brandung gefunden. Dadurch, dass einige von ihr gestiftete Mitbringsel an den Holzpaneelen hingen, fühlte sie sich ihrem Freund und seinem Lokal noch stärker verbunden.

Er lächelte, als sie den Schankraum betrat. Es war nicht viel los, nur an einigen Tischen saßen Freizeitkapitäne und ließen sich nach ihren Segeltouren durch das Wattenmeer ein frisch gezapftes Pils schmecken.

»Nanu, heute in Uniform? Wird das eine Polizei-Razzia?«, fragte Jan.

»Du hast es erfasst, du Schurke!«, scherzte Mona. Sie ging zur Theke, stellte sich auf die Zehenspitzen, beugte sich vor und gab ihm einen Kuss. Dann flüsterte sie ihm ins Ohr: »Und als Erstes durchsuche ich dein Bett!«

»Dann lege ich mich wohl besser vorher hinein.«

»Das wäre sinnvoll«, erwiderte sie augenzwinkernd.

## Kapitel 11

Am nächsten Morgen begab Mona sich zum Haus der Molls, um Rufus zur üblichen Morgenrunde abzuholen. Nachdem die Dogge sie stürmisch begrüßt hatte, lief die Kommissarin mit ihrem Hund an den Strand. Während der Rüde in der Brandung tobte, kehrten ihre Gedanken zum aktuellen Fall zurück. Der Gedanke an den Journalisten ließ ihr keine Ruhe. Sie erinnerte sich an die wenigen Sekunden, während derer sie den Messerangreifer auf der Promenade gesehen hatte. Sein Gesicht hatte sie nicht erblicken können, denn von ihrem Platz aus war das nicht möglich gewesen. Außerdem hatte er die Kapuze seiner Joggingjacke über den Kopf gezogen. Selbst von vorn wäre also nur ein Teil seines Antlitzes zu erkennen gewesen. Ob es sich wirklich um den Mann handelte, der ihr am gestrigen Tag in der Kulturinsel bei der Pressekonferenz gegenübergesessen hatte?

Mona musste sich Gewissheit verschaffen. Nachdem sie ihren Hund wieder in Birte Molls Obhut übergeben hatte, fuhr sie zur Polizeistation. Enno war noch nicht anwesend. Kurzentschlossen griff die Kommissarin zum Telefonhörer und rief die Kriminalreporterin vom *Friesenblatt* an. Die beiden Frauen kannten einander schon länger und waren in derselben Altersgruppe, daher duzten sie sich.

»Moin, Mona. Gibt es etwas Neues zu dem Boule-Mord?«, fragte die Journalistin, nachdem die Ermittlerin ihren Namen genannt hatte.

»Leider kann ich noch keine belastbaren Fakten liefern. – Es geht mir um diesen dunkelhaarigen Kollegen von dir, der gestern bei der Pressekonferenz ein Stück weit links von dir saß …«

»Ja, ich weiß, wen du meinst. Der sieht nicht übel aus, oder? Hast du ein Auge auf ihn geworfen?«

Mona lachte und antwortete: »Nee, das nicht gerade. Mich interessiert nur, ob er dir bekannt ist?«

»Weder mir noch den anderen Leuten aus der Branche«, gab die Kriminalreporterin zurück und fügte hinzu: »Wir haben uns im Kollegenkreis gestern noch kurz über ihn unterhalten. Keiner kannte ihn, wahrscheinlich ein freier Journalist auf der Jagd nach einer Sensationsstory, die er ausschlachten kann.«

»Ja, so wird es sein«, murmelte Mona. Ihr Misstrauen hatte sich nur noch verstärkt. Sie versprach, die Frau vom *Friesenblatt* auf dem

Laufenden zu halten, und beendete das Telefonat. Dann ging sie zu Oltbecks Büro, klopfte und trat ein.

Der Chef trank gerade seinen Morgentee und schaute sie hoffnungsvoll an.

»Moin, Frau Sander. Wo haben Sie denn Herrn Moll gelassen?«

»Er überprüft gerade eine Zeugenaussage«, schwindelte Mona. Sie wollte dem Vorgesetzten nicht unter die Nase reiben, dass ihr Kollege noch nicht am Arbeitsplatz war. Stattdessen berichtete sie vom Geständnis des Münzendiebs und fragte nach einer Teilnehmerliste der Pressekonferenz.

»Können Sie diesen Ulf Turm denn als Mordverdächtigen ausschließen?«, wollte Oltbeck wissen. »Vielleicht ist der Einbrecher auf dem Rückweg dem Besitzer der Münzsammlung in die Arme gelaufen – und es kam zum Kampf.«

»Theoretisch wäre dies möglich. Wir werden ihn weiterhin im Auge behalten. Es gibt allerdings auch andere Hinweise, denen ich nachgehen will.«

»Wir dürfen keine Spur unberücksichtigt lassen«, mahnte der Chef. Er fragte: »Und wozu brauchen Sie die Anwesenheitsliste?«

Mona beschloss, ihrem Vorgesetzten reinen Wein einzuschenken: »Mir kam gestern ein Journalist verdächtig vor. Und für seine Kollegen ist er ein Unbekannter. Darum möchte ich seine Identität überprüfen. Es wäre möglich, dass er etwas mit unserem Fall zu tun hat.«

»Das kommt mir aber sehr weit hergeholt vor, Frau Sander! – Wir müssen um jeden Preis den Eindruck vermeiden, dass wir unabhängige Berichterstattung erschweren wollen«, gab Oltbeck zu bedenken.

»Der Kerl kann meinetwegen schreiben, was immer ihm gefällt«, erwiderte die Kommissarin. Sie betonte: »Ich will einfach nur erfahren, mit wem ich es zu tun habe.«

»Sie geben ja doch keine Ruhe.«

Mit diesen Worten überreichte der Chef seiner Mitarbeiterin seufzend ein Blatt Papier. Mona überflog die Zeilen. Neben den Namen der Reporter stand jeweils das Medium, für das sie arbeiteten. Lediglich ein gewisser Lars Vogel hatte sich als »freier Journalist« angemeldet.

»Kam die Pressekonferenz auf die übliche Art zustande?«, fragte Mona.

Oltbeck nickte und antwortete: »Ja, ich habe den Termin auf dem Medienportal der Polizei angekündigt. Daraufhin haben die interessierten Journalisten hier angerufen, ihren Namen genannt und von uns Datum, Uhrzeit und Ort der Konferenz mitgeteilt bekommen. Beim Eintreten mussten sie dann natürlich ihre Journalistenausweise zeigen.«

*Mit anderen Worten: Auch ein Verbrecher hätte sich hier registrieren können*, dachte Mona. Heutzutage war es für einen halbwegs professionell arbeitenden Kriminellen kein Problem, sich einen echt aussehenden falschen Presseausweis zu beschaffen. Sie behielt ihre Überlegung aber wohlweislich für sich. Noch gab es keinen handfesten Beweis dafür, dass der dunkelhaarige Unbekannte Dreck am Stecken hatte. Sie bedankte sich zunächst brav beim Dienststellenleiter und eilte in ihr Büro zurück. Im nächsten Moment kam Enno durch die Tür und ließ sich ächzend in seinen Stuhl fallen.

»Du siehst aus, als ob du einen Marathon gelaufen wärst«, neckte sie ihn, »ich wollte schon für dich eine Vermisstenanzeige erstatten.«

»Ich wäre pünktlich erschienen, aber dann bin ich Turms Mutter in die Arme gelaufen«, erklärte der Oberkommissar. »Sie hat mit Engelszungen geredet, um mich von der Unschuld ihres Sohnemanns zu überzeugen. Sie tut mir leid, aber das Diebesgut in seinem Zimmer konnte sie unmöglich wegdiskutieren.«

»Oltbeck hat jedenfalls noch nicht gemerkt, dass du spät dran bist«, erklärte die Kommissarin und berichtete, was sie vom Chef erfahren hatte.

»Und du glaubst, dass dieser Vogel nicht ganz sauber ist?« Ennos Stimme war die Skepsis anzuhören.

»Wir sollten ihn auf jeden Fall überprüfen, denn erstens kann man einen Presseausweis leicht fälschen, und zweitens kennen wir die meisten Reporter aus der Region seit Jahren.«

Mit diesen Worten nahm die Kommissarin an ihrem Rechner Platz und fuhr das Gerät hoch. Sie tippte den Namen Lars Vogel als Suchbegriff ein. In den polizeilichen Datenbanken wurde sie schon mal nicht fündig. Sie arbeitete eine Zeit lang weiter, während Enno Tee zubereitete. Er stellte ihr eine Tasse hin und sagte: »Du bist so schweigsam, ist etwas nicht in Ordnung?«

»Es kommt mir höchst verdächtig vor, dass es von Lars Vogel nicht einen einzigen Artikel online zu lesen gibt. Entweder ist er ein absoluter Berufsanfänger – oder wir haben es gar nicht mit einem

Journalisten zu tun. Natürlich könnte er auch unter Pseudonym schreiben, aus was für Gründen auch immer. Mir kommt der Kerl jedenfalls verdächtig vor. Vielleicht hat er ja wirklich nichts zu verbergen, das bezweifle ich aber.«

Sie stand auf, tat Kandis in ihre leere Tasse und goss heißen Tee darüber. Dann ließ sie etwas Sahne folgen, rührte aber nicht um. Mona hatte seit ihren ersten Tagen in Ostfriesland gelernt, dass dies gar nicht gern gesehen wurde. Der Oberkommissar blinzelte ihr zu und sagte: »Es scheint, als ob du mit deinem Bauchgefühl wieder einmal richtiggelegen hättest.«

»Es gibt natürlich noch keinen Beweis dafür, dass es sich bei diesem Lars Vogel um den Messerangreifer handelt. Dennoch möchte ich ihn gern finden und ihm einige Fragen stellen. Falls er der Täter ist, dann schwebt Blome nach wie vor in Lebensgefahr.«

Das Telefon auf ihrem Schreibtisch klingelte. Sie nahm den Hörer ab, meldete sich mit Namen und Dienstgrad.

»Moin, hier spricht Dr. Niekamp vom gerichtsmedizinischen Institut Oldenburg. Ich habe soeben die Obduktion der männlichen Leiche beendet und dachte mir, dass Sie vorab schon eine Einschätzung von mir haben möchten. Den schriftlichen Bericht reiche ich dann nach.«

»Ja, das wissen wir zu schätzen«, erwiderte Mona. Sie schaltete den Lautsprecher ein, damit ihr Kollege mithören konnte.

Dr. Niekamp fuhr fort: »Der Tod ist in der Nacht vom 21. auf den 22. September zwischen Mitternacht und ein Uhr morgens eingetreten. Todesursache war ein Schädelbasisbruch, hervorgerufen durch einen äußerst harten Schlag oder Stoß mit einem harten Gegenstand. Die Schädeldecke wurde förmlich zertrümmert.«

»Könnte es sich bei der Mordwaffe um eine kleine Metallkugel gehandelt haben?«, hakte die Kommissarin nach.

»Das wäre möglich. Allerdings hätte der Täter über Bärenkräfte verfügen müssen«, sagte der Arzt. Er fuhr fort: »Ich habe schon Wunden gesehen, die durch Baseballschläger oder Eisenstangen zugefügt wurden. Aber diese waren weniger heftig als die Folgen dieses Schlags auf den Kopf des Mannes. Er war vermutlich sofort tot.«

»Gibt es noch weitere Erkenntnisse, die für unsere Ermittlungen wichtig sein könnten?«

»Durchaus, Frau Sander. Wir haben an seiner Brust Lippenstiftreste sichern können. Der Mann muss kurz vor seinem Tod eine intime … Begegnung gehabt haben. Ich habe den genetischen Fingerabdruck schon an die Kriminaltechnik weitergeleitet. Dort wird man die DNA isolieren. Falls Sie also eine Verdächtige haben, können Sie einen Abgleich vornehmen lassen.«

»Ist es denn vorstellbar, dass eine Frau dem Opfer eine so heftige Verletzung zugefügt hat?«

»Nein, eigentlich nicht. Und auch ein Mann müsste mit einer so großen Wucht zugeschlagen haben, dass es mir kaum möglich erscheint.«

*Ein weiteres Rätsel,* dachte Mona. Sie bedankte sich brav bei dem Gerichtsmediziner. Er versprach, den schriftlichen Bericht nachzureichen, und beendete das Telefonat.

Enno sagte: »Ich kann mir jetzt vorstellen, aus welchem Grund Blome attackiert wurde.«

Seine Kollegin schaute ihn fragend an. Er fuhr fort: »Ich halte Welke für einen Menschen, der seine amourösen Eroberungen nicht für sich behalten konnte. Vielleicht hat er Blome gegenüber geprotzt, was für ein Teufelskerl er für die Damenwelt sei. Eventuell kam ihm sogar ein Name über die Lippen.«

Die Kommissarin ergänzte: »Wodurch der Ehemann oder Freund seiner Gespielin auf unserer Verdächtigenliste ganz nach oben rückt. Dieser Täter könnte irgendwie herausgefunden haben, dass Blome ein Mitwisser ist. Also musste er diesen Zeugen beseitigen, bevor er mir gegenüber auspacken konnte.«

»Ich würde es Juliane Welke gern ersparen, dass wir sie nach einer Rivalin fragen«, meinte Enno, »doch das wird sich wohl nicht vermeiden lassen. Dieser Lippenstiftfleck ist doch Beweis genug, falls er nicht von der Ehefrau selbst stammt.«

»Ja, das sehe ich genauso«, erwiderte die Kriminalistin.

Die beiden meldeten sich ab und begaben sich zur Kaapdelle. Natürlich hätten sie sich telefonisch anmelden können, aber sie wollten der Witwe keine Gelegenheit bieten, sich auf das Gespräch vorzubereiten. Es dauerte nicht lange, bis Juliane Welke ihnen öffnete. Sie trug einen Morgenmantel und wirkte etwas zerzaust. Vermutlich war sie gerade erst aufgestanden.

»Entschuldigen Sie die frühe Störung, aber es gibt neue Erkenntnisse in dem Mordfall«, sagte Mona.

»Selbstverständlich dürfen Sie mich schon morgens besuchen. Treten Sie bitte näher.«

Mit diesen Worten lotste sie die Ermittler in ihre Küche. Dort roch es nach frisch gebrühtem Kaffee. Sie hatte sich selbst einen Becher eingegossen.

»Möchten Sie auch eine Tasse?«, fragte Juliane Welke.

»Nein, danke«, erwiderte Enno und kam sofort zur Sache: »Es besteht die Möglichkeit, dass Ihr Ehemann sich vor seinem Tod mit einer anderen Frau getroffen hat. Haben Sie eine Idee, um wen es sich handeln könnte?«

Juliane Welke erhob die Stimme. Sie richtete ihren Zeigefinger wie eine Waffe auf den Ostfriesen: »Nein, und ich empfinde diese Unterstellung als beleidigend! Wie kommen Sie dazu, meinem Henner der Untreue zu bezichtigen?«

»Wir müssen allen Hinweisen nachgehen«, erklärte der Oberkommissar, »und es lässt sich nicht leugnen, dass der Gerichtsmediziner bei der Obduktion Lippenstiftspuren auf der Brust Ihres Ehemanns nachgewiesen hat.«

Mona fügte hinzu: »Natürlich können diese Flecken auch von einer Berührung durch Sie stammen. Falls das so sein sollte, müssen wir uns für den falschen Verdacht entschuldigen. Aber wir würden gern durch einen DNA-Test sicherstellen, dass die Flecken wirklich durch *Ihren* Lippenstift verursacht wurden.«

Der Zorn der Witwe erwies sich als Strohfeuer. Sie ließ den Kopf hängen und sprach jetzt leise, flüsterte beinahe. Mona musste sich konzentrieren, um sie verstehen zu können.

»Das wird nicht nötig sein, Frau Sander. Ich habe meine Augen lange vor der Wirklichkeit verschlossen. Immer wieder redete ich mir selbst ein, dass ich eine glückliche Ehe führen würde. – Vielleicht ist es allgemein keine gute Idee, wenn eine Frau ihren ehemaligen Lehrer heiratet.«

Die Kommissare tauschten einen Blick. Bisher war es noch nicht darum gegangen, wie die Eheleute einander kennengelernt hatten. Bevor Mona oder Enno auf diese Eröffnung eingehen konnten, fügte die Witwe schnell hinzu: »Es war nichts Ungesetzliches an unserer Beziehung. Henner hat mich noch nicht einmal mit dem kleinen Finger berührt, solange er mein Lehrer war. Ich hatte allerdings schon kurz vor dem Abitur geahnt – oder gehofft –, dass er in mir mehr sehen würde als nur eine fleißige Schülerin. Aus uns wurde erst ein Liebespaar, als ich bereits studierte und Henner sich im Ruhestand befand.«

»Wenn wir den Mörder Ihres Mannes fassen sollen, dann müssen Sie uns gegenüber hundertprozentig ehrlich sein«, stellte die Kommissarin klar. Sie fuhr fort: »Darum frage ich Sie, ob Sie Ihrerseits Ehebruch begangen haben.«

»Nein, auf keinen Fall«, antwortete Juliane Welke wie aus der Pistole geschossen – für Monas Geschmack ein wenig *zu* schnell. Natürlich war es möglich, dass die Kriminalistin der Witwe unrecht tat. Aber irgendetwas an dieser Frau kam Mona falsch vor. Und das lag ganz gewiss nicht daran, dass Juliane wesentlich jünger war als ihr ermordeter Gatte.

»Migräne ist eine schlimme Krankheit«, stellte Enno völlig ohne Häme oder Ironie fest. Er schaute Juliane Welke mitfühlend an.

»Das stimmt leider, Herr Moll. Ich musste mein Studium der Informatik abbrechen, weil diese Schmerzattacken regelmäßig meine Lernerfolge zunichtegemacht haben. Natürlich hat auch mein Eheleben darunter gelitten.« Sie machte eine kurze Pause und fügte erbittert klingend hinzu: »Ich habe mir immer eingebildet, dass Henner zufrieden damit wäre, dass ich jung und nicht ganz unattraktiv bin. Aber anscheinend konnte er sich nicht zurückhalten, wenn ich krank in einem abgedunkelten Raum lag.«

»Es gibt Zeugenaussagen, nach denen Ihr Mann abends oder nachts öfter allein unterwegs war«, erklärte Enno.

Die Witwe nickte und sagte: »Ja, das kann ich mir vorstellen. Wenn ich gerade durch die Migräne niedergeworfen werde, bekomme ich nicht viel um mich herum mit. Da hätte er sich aus dem Haus schleichen können, ohne von mir bemerkt zu werden.«

»Sie haben also keinen Verdacht, mit wem Ihr Mann sich vor seinem Tod getroffen haben könnte?«, hakte Mona noch einmal nach.

»Nein, Frau Sander. Wenn ich etwas wüsste, würde ich es Ihnen sagen. Ich habe Henner geliebt – auch wenn es wehtut, dass er mich vermutlich hintergangen hat. Warum sollte ich seine Geliebte schonen wollen?«

Darauf erwiderten weder Mona noch Enno etwas. Der Oberkommissar fragte: »Wie kam es eigentlich dazu, dass Sie sich auf Borkum niedergelassen haben? Ich als gebürtiger Insulaner kann diese Entscheidung natürlich verstehen – aber haben Sie oder Ihr Ehemann vielleicht hier eine persönliche Bindung?«

Die Antwort lautete: »Nein, wir kannten hier niemanden, bevor wir hierherzogen. Henner hatte die Idee, dass wir uns auf dieser Insel niederlassen – und zwar wegen des Reizklimas.«

»Also Ihnen zuliebe?«

»Richtig, Frau Sander. Meine Migräneattacken sind wirklich stark zurückgegangen, seit wir hier wohnen. Es ist immer noch schlimm, aber auf dem Festland war es unerträglich. Ich konnte weder weiter studieren noch einen Beruf ausüben.«

Ob diese Erklärung zutraf? Die Kommissarin wusste natürlich, dass Borkum wegen des Hochseeklimas als Standort für einige Kurkliniken einen sehr guten Ruf hatte. Patienten mit Atemwegserkrankungen, Migräne, Neurodermitis, Burn-out-Syndrom oder Schlafstörungen wurden auf der Insel oftmals sehr erfolgreich behandelt. Hatte also Welke nur aus Liebe zu seiner Frau diesen Wohnort gewählt oder steckte noch mehr dahinter?

Es war, als ob Juliane Welke Monas Gedanken gelesen hätte: »Natürlich wäre Henner im Ruhestand am liebsten nach Frankreich umgesiedelt. Sie werden es schon bemerkt haben, dass mein Mann ein Faible für unser westliches Nachbarland hatte. Am liebsten wäre er wohl nach Paris gegangen, aber daran war nicht zu denken. Das wäre nicht nur unbezahlbar, sondern für meine Krankheit auch absolut mörderisch gewesen.«

»Also hatte Ihr Gatte keine Kontakte auf der Insel, bevor Sie hierhergezogen sind?«, hakte der Ostfriese nach.

»Nein, und deshalb war Henner ja so begeistert, dass er hier wenigstens Boule spielen konnte. So konnte er wenigstens ein wenig den Lebensstil französischer Ruheständler pflegen, von dem er geträumt hatte …«

Juliane Welkes Augen wurden feucht. Sie schien ihren Ehemann wirklich zu vermissen. Die Ermittler gaben ihr etwas Zeit, um sich zu beruhigen. Dann sagte Mona: »Ihr Gatte fand also Kontakt durch sein Boule-Hobby. Und was ist mit Ihnen? Konnten Sie hier Anschluss finden?«

Juliane Welke setzte ein traurig wirkendes Lächeln auf und erwiderte: »So einfach ist das nicht. Ich will nicht eingebildet klingen, aber es gibt viele Männer, die etwas von mir wollen. Aber da reden wir nicht über Freundschaft, sondern über Sex. Und das kommt für mich nicht infrage. Ich mag auf Sie altmodisch wirken, aber eheliche Treue bedeutet mir noch etwas.«

»Und was ist mit weiblichen Bekanntschaften? Wie lernten Sie Silke Koch kennen?«

Die Witwe erwiderte: »Silke wohnt drei Häuser weiter. Es ist ein echter Glücksfall, dass wir einander so gut verstehen. Sie hat einen kleinen Sohn, der mal seinen Fußball durch mein offen stehendes Küchenfenster geschossen hat. So kamen wir ins Gespräch, und seitdem trinken wir gelegentlich zusammen Kaffee. – Aber sie ist eine Ausnahme. Die meisten Menschen, die man auf Borkum trifft, sind doch nur für ein paar Wochen hier. Dann verschwinden sie wieder. Und die Einheimischen sind sehr zurückhaltend. Es dauert wahrscheinlich Jahre, bis man mit ihnen warm wird.«

Mona konnte die Aussage der Witwe zumindest teilweise nachvollziehen. Sie selbst hatte auf der Insel überhaupt keine Freundin. Die wichtigsten Menschen in ihrem Leben waren außer ihrer auf dem Festland lebenden Mutter ihr Freund Jan – und natürlich Enno. Allerdings hätte die Kommissarin nicht die Hand dafür ins Feuer gelegt, dass Juliane Welke ihr hundertprozentig die Wahrheit sagte. Die Ermittlerin hätte nicht sagen können, weshalb sie dieser Frau misstraute. Sie nahm sich vor, Juliane Welkes Vergangenheit genauer zu durchleuchten.

»Haben Sie den Namen Lars Vogel schon einmal gehört?«

Mona fragte nach dem angeblichen Journalisten, weil sie die Reaktion der Witwe beobachten wollte.

Doch Juliane Welke zeigte keine nennenswerte Gefühlsregung. Sie schüttelte den Kopf.

»Nein, Frau Sander – damit kann ich nichts anfangen. Hat dieser Kerl etwas mit Henners Tod zu tun?«

»Das wissen wir noch nicht«, erwiderte die Kommissarin wahrheitsgemäß.

»Wann wird die Leiche meines Mannes freigegeben?«, wollte Juliane Welke wissen.

»Wir geben Ihnen Bescheid, sobald wir eine entsprechende Nachricht vom gerichtsmedizinischen Institut bekommen haben.«

Die Ermittler verabschiedeten sich zunächst von der Witwe.

»Ich habe ein seltsames Gefühl bei dieser Frau«, gestand Mona, als die beiden das Haus verlassen hatten und außer Hörweite waren.

»Glaubst du, dass es eine Verbindung zwischen ihr und diesem Journalisten gibt? Er wird wohl kaum so dumm gewesen sein, sich mit seinem echten Namen für die Pressekonferenz anzumelden«, gab Enno zu bedenken.

Seine Kollegin ärgerte sich, weil ihr dieser naheliegende Gedanke nicht selbst gekommen war. Ihr Smartphone klingelte.

»Moin, Frau Sander. Hier spricht Matthias Weger vom kriminaltechnischen Labor Oldenburg. Es geht um die Boule-Kugel, die wir von Ihnen zur Untersuchung bekommen haben …«

»Der Gerichtsmediziner vermutet, dass es sich um die Mordwaffe handeln könnte«, sagte Mona.

»Ja, dieser Einschätzung schließe ich mich an«, erwiderte der Spezialist. »Auf der metallenen Oberfläche befinden sich etliche Haare und Hautschuppen vom Opfer. Verwertbare DNA-Spuren von anderen Personen konnten wir leider nicht nachweisen. Dafür war die Kugel zu stark kontaminiert. Sie hat ja offenbar im Staub gelegen. Also, bis auf die Gravur …«

Sie fiel Weger ins Wort: »Was für eine Gravur?«

»Ich spreche von den Initialen M. D., die in die Oberfläche geritzt sind.«

M und D konnte für Menard Dottum stehen. Hatten die Kommissare wertvolle Zeit verschwendet, obwohl der Frührentner kein Alibi vorweisen konnte und außerdem das Mordopfer zutiefst verabscheute? Doch wie passte der Anschlag auf Blome ins Bild? Bei dem joggenden Messerstecher konnte es sich keinesfalls um den unsportlich wirkenden Dottum gehandelt haben.

»Sind Sie noch am Apparat, Frau Sander?«

»Ja, entschuldigen Sie bitte. Ich war in Gedanken. Die Gravur ist mir nicht aufgefallen.«

»Ich hoffe, dass ich Ihre Ermittlungen voranbringen konnte.«

»Das haben Sie auf jeden Fall getan, Herr Weger.«

## Kapitel 12

Aufgeregt berichtete die Kommissarin ihrem Kollegen, was sie soeben erfahren hatte. Enno nickte langsam und sagte: »Ja, es kann nichts schaden, wenn wir uns noch einmal mit Menard unterhalten.«

»Das klingt nicht so, als ob du von seiner Täterschaft hundertprozentig überzeugt wärst«, stellte Mona fest.

»Ich bin hin und her gerissen«, gestand der Ostfriese. »Einerseits halte ich Menard für dämlich genug, die Mordwaffe am Tatort zu vergessen. Andererseits ist er gerade aufgrund seiner geistigen Schlichtheit ein hervorragender Sündenbock für einen raffinierten Täter, der von sich selbst ablenken will – beispielsweise der sportliche Verbrecher, der Blome niedergestochen hat.«

Mit seiner Überlegung hatte der erfahrene Oberkommissar Mona ein wenig den Wind aus den Segeln genommen. Er klopfte ihr auf die Schulter und sagte: »So oder so – die Information über die Gravur bringt uns auf jeden Fall voran.«

Die beiden kehrten zur Wache zurück, holten ihren Dienstwagen und fuhren zur Reedestraße. Die Kommissarin ließ sich die Worte ihres Kollegen noch einmal durch den Kopf gehen. Enno hatte recht. Dottum eignete sich wirklich hervorragend, um die Schuld auf ihn abzuwälzen. Das bedeutete aber nicht, dass er zwangsläufig als Täter auszuschließen war. Es gab auch immer noch die Möglichkeit, dass Welkes gewaltsamer Tod und die Attacke auf Blome nicht direkt etwas miteinander zu tun hatten. Während Mona ihren Gedanken nachhing, hatten die Kommissare schon das renovierungsbedürftige Haus von Dottums Tante erreicht. Enno stieg aus dem Wagen und schaute auf seine Armbanduhr.

»Aafke wird heute noch genauso schwerhörig wie gestern oder vorige Woche sein. Aber um diese Uhrzeit könnte Menard noch seinen Schönheitsschlaf halten.«

Mit diesen Worten begann der Oberkommissar gegen die Tür zu schlagen. Der große und stämmige Ostfriese verfügte über Bärenkräfte. Entsprechend laut waren die Geräusche, die durch seine Fausthiebe gegen das Türholz hervorgerufen wurden. Es kam seiner Kollegin so vor, als ob der Krach sogar noch am Hoge Hörn – dem äußersten westlichen Ende der Insel – wahrzunehmen wäre. Jedenfalls dauerte es nicht lange, bis ein offensichtlich schlecht gelaunter Menard Dottum die Tür aufriss.

»Bist du noch ganz bei Trost, Enno? Du erschreckst Tantchen zu Tode!«

»Ich wette, dass Aafke längst in der Küche sitzt, Tee trinkt und die Zeitung liest«, gab der Oberkommissar unbeeindruckt zurück. Er fügte hinzu: »Wir müssen einen Blick auf deine Boule-Kugeln werfen.«

»Wieso das denn?«, meckerte der Frührentner. Er schien nicht erschrocken, sondern nur genervt zu sein. Doch Mona beschloss, sich kein vorschnelles Urteil zu bilden. Dottum war mit einer gestreiften Schlafanzughose und einem ehemals weißen Feinripp-Unterhemd bekleidet. Er schien wirklich von den Polizisten aus dem Bett geklopft worden zu sein. Jedenfalls verließ er nun das Haus und schlurfte zu dem direkt daneben angebauten Holzschuppen hinüber. In dem windschiefen Verhau stand ein uraltes Fahrrad, es roch nach Schmieröl und Blumenerde. Offenbar wurde hier allerlei Krimskrams aufbewahrt, für den im Haus kein Platz war – vom Gartenschlauch bis zu Werkzeugen und leeren Einweckgläsern. Da in der Holzbude kein Licht vorhanden war, schaltete Mona ihre Taschenlampe ein. Sie deutete auf zwei Sets von Boule-Kugeln, die auf dem untersten Regalbrett nebeneinanderstanden.

»Sie besitzen ja ganz schön viele Metallkugeln, Herr Dottum«, stellte sie fest, während sie ein Paar Latexhandschuhe überstreifte.

Der Verdächtige schaute sie aus blutunterlaufenen Augen an. Er schien erst in diesem Moment richtig wachzuwerden.

»Ich habe nur sieben Kugeln, da fehlt eine«, behauptete er und deutete auf das linke Set.

Mona kniete sich hin und nahm einen Metallball nach dem anderen in die Hand. Die sieben Exemplare waren sämtlich mit den eingravierten Initialen M. D. versehen – genau wie das Beweisstück, das sich momentan im kriminaltechnischen Labor befand. Die Kommissarin widmete sich nun dem direkt daneben stehenden Set. Diese Kugeln waren mit den Buchstaben H und W versehen – für Henner Welke? Diese Entdeckung überraschte die Kommissarin nicht wirklich. Sie packte die beiden Sets getrennt voneinander in Beweismittelbeutel.

»Wir müssen dich bitten, uns zur Polizeiwache zu begleiten, Menard«, sagte Enno. »Komm mit in dein Zimmer, damit du dich anziehen und deiner Tante Tschüss sagen kannst.«

Mona wartete auf der Straße. Den Anblick von Dottum in Unterhosen wollte sie sich ersparen. Außerdem zweifelte sie nicht daran, dass ihr Kollege mit diesem Kerl allein fertigwerden konnte, falls es nötig sein sollte. Sie nutzte die Zeit, um sich den Schuppen genauer anzuschauen. Er hatte nicht aufgeschlossen werden müssen, weil es überhaupt kein Schloss gab. Nur ein einfacher Metallriegel hielt die Tür geschlossen. Er ließ sich problemlos zurückziehen. Einfacher konnte man es einem Einbrecher nicht machen. Aber die Handlung ließ sich auch umgekehrt vollziehen: Es war jederzeit möglich, einen oder mehrere Gegenstände in den Verschlag *hineinzulegen* – beispielsweise ein Set Boule-Kugeln. Wenn jemand Dottum als Mordverdächtigen abstempeln wollte, dann musste diese Person wissen oder ahnen, dass dieser Kauz nicht nur mit Welke Boule spielte, sondern das spätere Mordopfer außerdem verabscheute. Dadurch wurde die Anzahl der Tatverdächtigen zweifellos eingegrenzt. Doch wer kam jetzt überhaupt noch infrage? Juliane Welke? Ronald Siemers? Ulf Turm? Oder gar Norbert Blome? Sie alle hatten eins gemeinsam: Mona traute keinem von ihnen zu, so titanische Kräfte zu entwickeln, wie der Gerichtsmediziner es für die Tatausführung wahrscheinlich gehalten hatte. Doch was war mit dem jungen Mann, der sich Lars Vogel nannte? Er hatte seine Sportlichkeit schon bei der Flucht nach der Attacke auf Blome bewiesen. Leider hatte die Kommissarin noch keine zündende Idee, warum er Welke hätte töten wollen.

Während sie sich über dieses Problem den Kopf zerbrach, war Dottum mit dem Ankleiden fertig geworden. Er trat nun in Ennos Begleitung wieder vor die Tür. Jetzt trug er ein schwarz-weiß kariertes Hemd mit aufgekrempelten Ärmeln sowie eine halbwegs saubere Jeans und ausgelatschte Schuhe.

»Ich weiß nicht, was ihr von mir wollt«, wiederholte er mehrfach. »Da will mir jemand etwas anhängen!«

»Das klären wir alles bei einer Tasse Tee«, schlug Enno vor. »Ich vermute mal, dass du noch nicht gefrühstückt hast.«

Als die drei wenig später das Wachlokal betraten, bat Enno Grietje, ein paar von ihren legendären Jagdwurststullen zu schmieren.

»Sehr wohl, Euer Gnaden«, gab die Polizeimeisterin auf ihre übliche kesse Art zurück. Die Ermittler führten Dottum in den Verhörraum, und Mona setzte erst einmal eine Kanne Tee auf. Als sie das

Aufgussgetränk zubereitet hatte, kam auch Grietje mit den Broten. Inzwischen war Dottum von Enno über seine Rechte belehrt worden.

»Ich brauche keinen Anwalt, ich bin unschuldig«, beharrte der Verdächtige. Er war damit einverstanden, dass die Befragung als Audiodatei aufgezeichnet wurde. Die Kommissarin hatte die vermutlich Welke gehörenden Metallkugeln auf den Tisch gelegt. Dottum konnte den Blick nicht von den blitzenden Bällen abwenden, während er sich einige von den Broten einverleibte und sie mit Tee hinunterspülte. Dann sagte er: »Glaubt ihr wirklich, dass ich dem ›Möchtegern-Franzosen‹ seine Boule-Bälle klaue, ihn umbringe und sie dann behalte?«

»So dumm kannst du eigentlich nicht sein«, meinte Enno, »allerdings gibt es auch Mörder, die persönliche Gegenstände ihrer Opfer behalten, sozusagen als Trophäe.«

Mona ergänzte: »Manchmal sogar Gliedmaßen.«

»Brrrr, das ist ja widerlich«, stieß Dottum hervor.

Die Kommissarin sagte: »Ich will ehrlich zu Ihnen sein. Mein Kollege und ich sind nicht von Ihrer Schuld überzeugt, aber die Indizien sprechen für Ihre Täterschaft. Sie sind leicht reizbar, Sie mochten das Opfer nicht, Sie haben für die Tatzeit kein Alibi. Selbst ohne Geständnis könnte dies für einen Richter ausreichen, um Untersuchungshaft anzuordnen.«

Dottum schien allmählich zu begreifen, was ihm blühen konnte. Er hockte nach vorn gebeugt auf seinem Stuhl und rang die Hände.

»Ich habe Welke nicht getötet, wie oft muss ich das noch sagen?«, stieß er verzweifelt hervor.

»Ihre Beteuerungen werden nicht ausreichen«, stellte die Kommissarin klar. Dann kam ihr plötzlich ein Einfall. Sie schaute Dottums schwächlich wirkendes rechtes Handgelenk an und fragte: »Sie sind Rechtshänder, oder?«

»Ja, bin ich – so wie die allermeisten Menschen, hab ich jedenfalls mal gelesen.«

»Und Sie werfen die Boule-Kugeln mit rechts?«, hakte Mona nach.

Dottum schien nicht zu verstehen, worauf sie hinauswollte. Doch Enno hatte ihren Gedankengang garantiert schon erraten. Er nickte ihr ermunternd zu.

»Sicher, ich nehme die Kugeln in die rechte Hand. Was soll die Fragerei?«, wollte der Verdächtige wissen.

»Das werden Sie gleich merken, Herr Dottum. – Ehrlich gesagt kommt mir Ihr rechter Arm ziemlich schwach vor …«

»Ja, mein Schultergelenk ist im Eimer. Es hat schon seine Gründe, dass ich in Frührente geschickt wurde. Das macht beim Boule-Spielen aber nichts, wir sind ja keine Kugelstoßer. Die Bälle sind ziemlich leicht. Außerdem kommt es weniger auf Kraft als auf Geschicklichkeit an. – Verraten Sie mir jetzt, warum Sie das alles wissen wollen?«

Mona beschloss, ihre Karten aufzudecken: »Der Gerichtsmediziner hat uns mitgeteilt, dass die Kugel Welkes Kopf mit einer enormen Durchschlagskraft getroffen haben muss. Dazu scheinen Sie mir ehrlich gesagt nicht in der Lage zu sein. Man könnte dies gewiss durch ein ärztliches Attest beglaubigen, oder?«

Dottum schien zu erkennen, dass die Kommissarin ihm wohlgesonnen war. Seine sorgenvolle Miene hellte sich auf: »Ja, sicher! Meine Schwäche wird mir jeder Weißkittel bescheinigen. Ich könnte Sie knutschen, Frau Sander!«

*Ich verzichte dankend*, dachte sie und sagte: »Trotzdem gibt es immer noch jemanden, der Ihnen die Boule-Kugeln untergeschoben hat. Wir können Welkes Set natürlich kriminaltechnisch untersuchen lassen. Aber ob das etwas bringt, steht in den Sternen. – Denken Sie bitte noch einmal gründlich nach. Sie haben das Opfer gekannt. Wer könnte Welke so sehr gehasst haben, dass er ihn tot sehen wollte?«

Dottum schaute Mona mit glasigem Blick an. Dachte er angestrengt nach oder fielen ihm wirklich keine Personen ein, die infrage gekommen wären? Die Kommissarin wollte schon ungeduldig nachhaken, als er endlich den Mund öffnete: »Nee, da gibt es diese Frau … aber die kann es nicht gewesen sein … die ist doch bestimmt nicht kräftiger als ich …«

»Was für eine Frau? Könnten Sie sich etwas klarer ausdrücken?«, forderte Mona.

Der Verdächtige holte tief Luft und sagte: »Ich kenne ihren Namen nicht, aber sie wohnt auch an der Kaapdelle, und zwar auf derselben Seite wie die Welkes. Ich hab mal zufällig gesehen, wie der ›Möchtegern-Franzose‹ sich in der Dunkelheit zu ihr geschlichen hat.«

»Und das erfahren wir erst jetzt?«, grollte die Ermittlerin.

Dottum hob die Schultern und erwiderte: »Ich bin keine Klatschtante. Und ihr könnt mir nicht weismachen, dass so eine zierliche junge Frau Welke totgeschlagen hat.«

»Die Schlussfolgerungen überlassen Sie gefälligst uns!«, fauchte Mona. Bevor sie noch saurer werden konnte, erkundigte Enno sich nach dem Aussehen der Dame, die nächtlichen Besuch von Welke bekommen hatte.

Dottum behauptete, ihr schon öfter beim Discounter oder auf der Franz-Habich-Straße begegnet zu sein. Er beschrieb ihr Äußeres recht genau und fügte hinzu, dass sie oft ein Kind dabeihatte.

Für Mona stand fest, dass er von Juliane Welkes Freundin Silke Koch sprach.

## Kapitel 13

Die Kommissare schickten Dottum ins Krankenhaus. Er sollte seinen Arm von Dr. Siemers untersuchen lassen, um die mögliche Kraftentwicklung objektiv einschätzen zu können. Doch nach Monas Meinung war dies nur eine Formalität. Sie konnte sich beim besten Willen nicht vorstellen, dass der Frührentner einen derart brachialen Schlag gelandet haben könnte.

Als der Verdächtige die Polizeiwache verließ, begegnete er Oltbeck. Und der Chef fand es offenbar gar nicht gut, dass Dottum auf freien Fuß gesetzt wurde. Er trat zu den Ermittlern in den Verhörraum und fragte: »Besteht bei Dottum etwa keine Flucht- oder Verdunkelungsgefahr? Konnte er Ihnen inzwischen ein überzeugendes Alibi für die Tatzeit liefern?«

»Das nicht, aber er ist momentan nicht unser Hauptverdächtiger«, erklärte Enno.

Der Chef hörte sich gereizt an: »Ach, wirklich? Und wer soll Ihrer Meinung nach Welke getötet und Blome schwer verletzt haben?«

»Wir gehen von einem Rivalen aus«, sagte Mona schnell. Sie fuhr fort: »Offenbar ist Welke fremdgegangen. Also erscheint uns der Ehemann oder Freund von Silke Koch dringend tatverdächtig. Das ist eine Nachbarin der Welkes, mit der das Opfer eine außereheliche Beziehung unterhielt.«

»Das ist interessant, Frau Sander. Aber warum hätte dieser Mann es auch auf Blome abgesehen haben können? Hatte seine Ehefrau auch mit ihm ein Verhältnis?«

Der Kommissarin war Oltbecks Ironie nicht entgangen. Sie ließ sich davon nicht beirren: »Blome wollte mich treffen. Vielleicht hatte Welke sich ihm anvertraut – oder er hatte eine Beobachtung gemacht. Jedenfalls wollte der Täter verhindern, dass Blome Kontakt mit mir aufnimmt. – Und Dottum wäre körperlich nicht dazu in der Lage gewesen, nach der Tat auf der Promenade in einem derartigen Tempo davonzusprinten!«

Mona hatte die Fäuste gegen ihre Hüften gestemmt und schaute ihrem Vorgesetzten angriffslustig ins Gesicht. Er gab sich geschlagen: »Also gut, ich will nicht auf Dottum als dem Hauptverdächtigen bestehen. Aber dann schaffen Sie mir diesen Lebensgefährten der Geliebten umgehend herbei. Wir brauchen einen Fahndungserfolg, damit unsere Mitbürger sich nicht länger vor einem frei herumlaufenden Mörder fürchten müssen.«

»Wir tun unser Möglichstes«, versicherte der Oberkommissar und schob seine Kollegin aus dem Raum, bevor sie sich um Kopf und Kragen reden konnte.

Die beiden verließen die Wache und machten sich auf den Weg Richtung Kaapdelle. Enno sagte: »Du hast dich ganz schön weit aus dem Fenster gelehnt mit deiner Annahme, dass Silke Koch einen Ehemann oder Freund haben könnte.«

»Zugegeben, das war improvisiert«, gab Mona zu, »aber wenn es nach Oltbeck gegangen wäre, dann hätten wir einfach Dottum eingesperrt und darauf gehofft, dass er irgendwann gesteht – während gleichzeitig Welkes Mörder weiterhin Blome nach dem Leben trachtet.«

»Apropos: Ich möchte erfahren, wie es dem Patienten geht.«

Mit diesen Worten griff der Ostfriese zum Mobiltelefon und rief im Krankenhaus an. Er bekam die Auskunft, dass Blomes Zustand stabil, er aber weiterhin nicht vernehmungsfähig sei.

»Das wäre ja auch zu schön gewesen«, gab die Kommissarin seufzend zurück, nachdem er ihr von dem kurzen Telefonat berichtet hatte. Dann fragte sie: »Kennst du Silke Koch eigentlich?«

»Nur vom Sehen. Eine gebürtige Borkumerin ist sie nicht, in dem Fall wäre sie mir schon viel länger bekannt. Sie ist vor einigen Jahren hierher gezogen. Ich meine, sie mal mit anderen Eltern vor der Inselschule bemerkt zu haben. Demnach könnte ihr Kind schulpflichtig sein.«

Zu Fuß gelangte man innerhalb von zehn Minuten von der Polizeistation zur Kaapdelle. Das kleine Haus, in dem Silke Koch wohnte, machte einen gepflegten Eindruck. Die junge Frau öffnete den Kommissaren, nachdem Enno geklingelt hatte. Sie trug eine weite Leinenhose und einen hellblauen Baumwollpullover. Als Silke Koch die Polizisten erblickte, setzte sie eine besorgt wirkende Miene auf: »Moin, ist etwas mit Juliane passiert?«

»Nein, es geht ihr den Umständen entsprechend gut«, versicherte Mona. »Dürfen wir hereinkommen?«

»Ja, selbstverständlich.«

Silke Koch führte die beiden in ihr Wohnzimmer. Es war ordentlich, aber einfallslos eingerichtet. Die Möbel waren nach Meinung der Kommissarin billig gewesen. Sie wirkten etwas altmodisch, wurden aber erstklassig in Schuss gehalten. Es roch nach Reinigungsmitteln und Möbelpolitur.

»Nehmen Sie doch Platz, bitte.«

Die Hausherrin deutete auf das Sofa. Mona und Enno ließen sich darauf nieder, während Silke Koch sich selbst auf die äußerste Kante eines Sessels setzte. Sie hielt sich kerzengerade, die Knie presste sie zusammen, und die Hände hatte sie im Schoß gefaltet. Ihre Körpersprache drückte große Anspannung aus.

Der Oberkommissar stellte sich und seine Kollegin nun offiziell vor und sagte: »Wir sind heute zu Ihnen gekommen, weil wir mit Ihnen über Ihr Verhältnis zu Henner Welke sprechen wollen.«

»Er war ein freundlicher älterer Herr aus der Nachbarschaft, dessen Tod ich sehr bedaure«, murmelte Silke Koch. Sie vermied es, ihren Besuchern in die Augen zu sehen.

Mona beugte sich vor und sagte: »Sind Sie sicher, dass Henner Welke nicht mehr für Sie war?«

Silke Koch schüttelte den Kopf.

»Ich weiß nicht, wovon Sie sprechen«, behauptete sie.

Doch damit ließ die Kommissarin sie nicht davonkommen: »Ist Ihnen klar, dass Oberkommissar Moll und ich eine Morduntersuchung führen? Wenn Sie uns die Unwahrheit sagen, können wir Sie wegen Behinderung der Justiz belangen – vielleicht sogar wegen Beihilfe zum Mord.«

Mona war selbst nicht sicher, ob diese Anschuldigungen gegen die junge Frau bei der Staatsanwaltschaft Bestand gehabt hätten. Es kam ihr jetzt vor allem darauf an, Silke Koch den Ernst ihrer Lage zu verdeutlichen und sie zu einer ehrlichen Aussage zu bewegen. Die klaren Worte verfehlten jedenfalls ihre Wirkung nicht. Silke Koch murmelte: »Also gut, ich gebe es zu. Henner und ich … wir hatten etwas miteinander. Aber bitte erzählen Sie Juliane nichts davon! Es ist schon schlimm genug für sie, dass ihr Mann nicht mehr lebt. Es würde ihr das Herz brechen, dass wir sie so schändlich hintergangen haben. Wir sind nämlich wirklich Freundinnen, ob Sie es glauben oder nicht!«

Das hättest du dir früher überlegen müssen, dachte die Ermittlerin. Sie sagte: »Erzählen Sie uns doch einfach, wie es zu dem Verhältnis mit Ihrem Nachbarn kam.«

»Ich habe es nicht darauf angelegt, das müssen Sie mir glauben! Aber nach meiner Scheidung vor drei Jahren fühlte ich mich oft einsam. Natürlich gibt es Pia, meine Tochter. Sie ist mein kleiner Sonnenschein, ich liebe sie über alles. Aber sie kann mir nicht die Umarmungen durch einen Mann ersetzen … das Gefühl, leidenschaftlich begehrt zu werden.«

»Wo lebt Ihr Ex-Mann momentan?«, wollte Mona scheinbar beiläufig wissen.

»Frank arbeitet auf einer Öl-Bohrinsel vor der norwegischen Küste, dort hält er sich die meiste Zeit auf. Wenn er frei hat, wohnt er in Bremerhaven. Da hat er sich ein kleines Apartment gemietet.«

»Will er seine Tochter gar nicht sehen?«, fragte Enno.

»Anfangs schon, Herr Moll. Also, im ersten Jahr nach unserer Scheidung ist Frank noch einige Male auf Borkum erschienen. Aber er hat wohl in Bremerhaven eine Witwe mit Kindern kennengelernt, für die er den Ersatz-Papi spielt. Wir haben ihn jedenfalls seit acht Monaten nicht mehr zu Gesicht bekommen. Pia war anfangs traurig, aber inzwischen scheint sie ihren Vater nicht mehr allzu sehr zu vermissen.«

Die Kommissarin machte sich bereits Notizen. Wenn Frank Koch wirklich auf einer Bohrplattform arbeitete, würde sich sein Aufenthalt dort leicht nachweisen lassen. Es war mit einem gewissen Aufwand verbunden, die Mitarbeiter dorthin und von dort weg zu transportieren, daher wurden ihre Fahrten oder Flüge genau dokumentiert.

»Lassen Sie uns auf Henner Welke zurückkommen«, schlug Enno freundlich lächelnd vor.

»Ja, gewiss, Herr Moll. – Es begann vor ungefähr zwei Monaten. Ich war zu der Zeit schon ein wenig mit Juliane befreundet. Da klingelte es eines Morgens an meiner Tür. Henner war gekommen, um mir ein Kochbuch zu bringen, das ich mir von seiner Frau ausleihen wollte. Ich hatte am Vortag nicht mehr daran gedacht. Er sagte, dass Juliane wegen ihrer akuten Migräne nicht selbst vorbeikommen konnte. Ich hatte noch gar nicht gewusst, dass sie unter dieser Krankheit litt. Aber im Gespräch mit Henner erkannte ich, dass es ihr von Zeit zu Zeit richtig schlecht ging. Und natürlich hatte er als Ehemann auch darunter zu leiden.«

Mona musste sich einen Kommentar verkneifen. Ihrer Ansicht nach war Silke Koch eine Frau, die sich leicht beeinflussen und manipulieren ließ. Welke schien genau gewusst zu haben, welche Knöpfe er bei ihr drücken musste. Dieser Mann hatte zweifellos charmant sein können, vermutlich war Silke Koch den Flirtkünsten des »Möchtegern-Franzosen« einfach erlegen. Die Frage war nur, ob dies etwas mit seiner Ermordung zu tun hatte. Während der Kommissarin diese Überlegungen durch den Kopf gingen, redete die Zeugin weiter: »Anfangs tat Henner mir einfach nur leid. Er hatte sich im Ruhestand extra auf Borkum niedergelassen, damit die Migräne seiner Frau erträglicher wird – aber zumindest zeitweise schien selbst unser Reizklima nicht viel zu nützen.«

»Warum sind Sie eigentlich hierher gezogen?«, wollte Enno wissen. »Sie stammen auch nicht von der Insel, oder?«

»Das stimmt, Herr Moll. Ich kam nach Borkum, weil mein damaliger Ehemann als Haustechniker in einem der großen Hotels arbeitete. Den Job auf der Bohrinsel trat Frank erst an, als wir schon in Scheidung lebten.«

»Sie und Henner Welke begannen also ein Verhältnis miteinander, das Sie vor Ihrer Freundin Juliane verheimlichten«, fasste Mona zusammen. Sie fügte hinzu: »Gab es denn von Ihrer Seite aus einen anderen Liebhaber, der wegen Welke hätte eifersüchtig werden können?«

»Natürlich nicht, Frau Sander! Halten Sie mich für ein Flittchen? Ich fühle mich schon schuldig genug, weil ich mich mit einem verheirateten Mann eingelassen habe, der zudem der Gatte meiner Freundin ist!«

»Uns geht es nicht um Moral, sondern um die Aufklärung eines Verbrechens«, stellte Mona eindringlich klar. »Die Person, die Welke getötet hat, ist wahrscheinlich auch für den Mordversuch an Norbert Blome verantwortlich. Sagt Ihnen dieser Name etwas?«

»Nein«, erwiderte die junge Frau. »Wer ist das?«

»So heißt einer der Herren, mit denen Welke Boule gespielt hat«, erklärte der Oberkommissar.

»Mir ist natürlich bekannt, dass Henner dieses Spiel liebte«, erwiderte Silke Koch. »Er sagte immer, das wäre ein Stück Frankreich mitten in der Nordsee. Aber ich bin seinen Mitspielern nie persönlich begegnet. Manchmal habe ich ihnen aus sicherer Entfernung zugesehen, wenn ich gerade im Ort etwas erledigen musste. Henner und ich sind sehr diskret vorgegangen. In der Öffentlichkeit sollte nicht der Eindruck entstehen, dass wir mehr sind als nur Nachbarn.«

Es kam Mona so vor, als ob die Zeugin noch etwas verschweigen würde. Manchmal irrte die Kommissarin sich, was ihr »Bauchgefühl« betraf. Aber oft genug erwies es sich als zutreffend.

»Sie haben uns noch nicht alles mitgeteilt, was Sie wissen«, sagte Mona Silke Koch auf den Kopf zu.

Die junge Frau wand sich wie ein Aal: »Sie denken bestimmt, dass ich Juliane nur eine Retourkutsche verpassen will, wenn ich …«

»Sie müssen unsere Überlegungen nicht interpretieren, bevor wir Bescheid wissen«, stellte die Kriminalistin klar. »Worum geht es denn überhaupt?«

»Juliane vertraute mir vor ein paar Tagen unter dem Siegel der Verschwiegenheit an, dass ein Mann aus ihrer Vergangenheit aufgetaucht wäre …«

»Und mit dieser Person ist sie fremdgegangen?«

Kaum hatte Mona diese Frage ausgesprochen, als sie es auch schon bereute. Man durfte Zeugen keine Aussagen in den Mund legen! Doch bevor Silke Koch antworten konnte, klingelte das Smartphone der Kommissarin. Ihre Kollegin Aiske Berend war am Apparat. Die Polizeimeisterin klang sehr aufgeregt: »Ich benötige dringend Unterstützung! Ich bin im Krankenhaus, um Blome zu bewachen. Hier war gerade ein Bewaffneter mit Messer.«

Das Adrenalin jagte durch Monas Körper. Sie fragte: »Geht es dir gut, Aiske?«

»Ja, nein … ich … ich habe den Mann angeschossen!«

## Kapitel 14

Die Kommissarin atmete einmal tief durch und zwang sich dazu, gezielte Fragen zu stellen: »Ist der Angreifer noch in der Nähe?«

»Nein, er ist geflohen. Blome blieb unverletzt.«

»Und du selbst?«

»Er hat mich mit dem Messer bedroht, wollte ins Krankenzimmer. Ich habe ihn nicht hereingelassen. Als er nach mehreren Aufforderungen die Waffe nicht fallen ließ, musste ich schießen.«

»Sind andere Kollegen schon auf dem Weg zu dir?«

»Ja, Britt und Claas sind gerade eingetroffen.«

»Gut, Enno und ich kommen so schnell wie möglich nach.«

Mona beendete das Telefonat, dann wandte sie sich an Enno: »Wir haben einen Einsatz im Krankenhaus. Ich laufe vor, lass du dich von Kollegen im Auto mitnehmen!«

Der Oberkommissar nickte. Er wusste selbst, dass er nicht so schnell war wie seine junge und durchtrainierte Kollegin. In normalem Spaziergängertempo benötigte man eine Viertelstunde, um von der Kaapdelle zum Krankenhaus in der Gartenstraße zu gelangen. Aber Mona war sicher, dass sie innerhalb von fünf oder sechs Minuten zu ihrem Ziel sprinten konnte.

»Ist etwas Schlimmes passiert?«, fragte Silke Koch. Natürlich hatte sie mitbekommen, dass der Anruf die Kriminalistin hektisch werden ließ.

Mona ging nicht darauf ein. Stattdessen erkundigte sie sich, ob Juliane Welke den Namen dieses »Mannes aus ihrer Vergangenheit« genannt hatte.

Die junge Frau verneinte.

»Wir setzen das Gespräch mit Ihnen später fort!«

Mit diesen Worten verließ die Kommissarin das Haus und rannte ihrem Ziel entgegen. Was konnte den Täter nur dazu bewogen haben, mitten am Tag den Mord an Blome vollenden zu wollen? Sie zweifelte nämlich nicht daran, dass es sich um die Person handelte, die auf der Promenade ihr Vorhaben nicht komplett hatte ausführen können. Lief ihm aus irgendeinem Grund die Zeit davon? Oder wurde er nervös, weil die Polizei auf der richtigen Spur war? Handelte es sich bei dem angeblichen Journalisten, dem Mörder und Juliane Welkes früherem Verehrer um ein und denselben Menschen?

Diese Fragen schwirrten ihr durch den Kopf, als sie wenig später das Krankenhaus erreichte. Dort parkte schon ein Polizeiauto mit rotierendem Blaulicht auf dem Dach. Claas Lammer hatte bereits Aiskes Dienstwaffe in einen Beutel für Beweisstücke getan. Polizeilicher Schusswaffeneinsatz kam auf Borkum extrem selten vor, doch das änderte nichts an den Vorschriften. Eine Untersuchung würde es auf jeden Fall geben. Die junge Kollegin befand sich in Dr. Siemers' Sprechzimmer. Der Arzt hatte soeben ihren Blutdruck gemessen.

»Frau Berend steht unter Schock, ist aber äußerlich unverletzt«, sagte Dr. Siemers leise zu Mona. Er fügte hinzu: »Wenn sie nicht da gewesen wäre, würde Norbert Blome nicht mehr leben. Ich war am anderen Ende des Flurs und habe alles beobachtet. Der Mann wollte sein Messer nicht fallen lassen, Ihre Kollegin hatte keine Wahl.«

Mona nickte. Es gab Theoretiker, die gewiss für den Einsatz von Pfefferspray eingetreten wären. Aber wer so dachte, hatte garantiert noch nie ein Reizgas auf einem engen Flur eingesetzt. Ganz abgesehen davon, dass sich ein aufgebrachter Messerangreifer auf diese Art eher nicht stoppen ließ. Die Kommissarin wandte sich an Aiske: »Ich bin froh, dass du unverletzt geblieben bist. – Und du bist sicher, dass du den Angreifer getroffen hast?«

»Ja, am rechten Unterarm«, gab die Polizistin mit tonloser Stimme zurück. »Daraufhin ließ er das Messer fallen und rannte davon. Er muss durch den Notausgang ins Gebäude gekommen sein. Da hinten sind auch Blutflecken auf dem Boden.«

Sie deutete in die Richtung, wo die Attacke stattgefunden haben musste. Mona klopfte ihr aufmunternd auf die Schulter. Sie verließ das Behandlungszimmer wieder. Genau wie die anderen Einsatzkräfte hatte sie sich Latexhandschuhe übergestreift. Polizeimeister Claas Lammer tat das Messer gerade in einen Beutel für Beweisstücke. Nun erschienen auch Enno, Grietje und Hinderk am Ort des Geschehens. Mona informierte den Oberkommissar. Als der ranghöchste Beamte vor Ort gab Enno Anordnungen: »Befragt die Patienten und das Personal. Vielleicht hat jemand gesehen, in welche Richtung der Täter geflohen ist. Oltbeck wird dafür sorgen, dass Fährhafen und Flugplatz überwacht werden. Wenn der Mann nur am Arm getroffen wurde, ist seine Bewegungsfähigkeit nicht sehr eingeschränkt. Dennoch muss er die Wunde versorgen oder verbinden lassen. Er kann sich natürlich in einer Apotheke Verbandszeug kaufen. Mona, warnst du die Besitzer bitte vor? Sie sollen sofort anrufen, wenn jemand mit einer blutenden Wunde bei ihnen einen Kauf tätigen will.«

Die Kommissarin nickte und griff zum Smartphone. Es gab auf der Insel nur drei Apotheken, die sie im Handumdrehen abtelefoniert hatte. Der Ostfriese ging nun auch zu Aiske, um nach ihr zu sehen.

»Du hast dem Mann gegenübergestanden. Kannst du ihn bitte so genau wie möglich beschreiben?«, sagte Enno zu der Polizeimeisterin.

»Er trug Jeans und einen dunkelblauen Kapuzenpullover«, begann Aiske. Sie fuhr fort und beschrieb eine Person, bei der es sich durchaus um den angeblichen Reporter Lars Vogel handeln konnte.

»Wohin kann er geflohen sein?«, überlegte Mona laut. Gleich darauf beantwortete sie ihre Frage selbst: »Falls es sich bei ihm wirklich um einen Ex-Liebhaber von Juliane Welke handelt, dann könnte er bei ihr Unterschlupf finden. Platz hat sie in ihrem Haus ja genug.«

Die Befragung von Zeugen ergab, dass der Mann in Richtung Richthofenstraße geflohen war. Mona entdeckte noch eine Blutspur, die ein Stück weit vom Krankenhaus entfernt versiegte. Es stellte sich heraus, dass der Verdächtige ein Handtuch von einer Wäscheleine geklaut hatte, um damit provisorisch seine Wunde zu verbinden.

»Momentan ist er wahrscheinlich unbewaffnet, aber das muss nicht so bleiben«, schärfte Enno den uniformierten Kollegen ein. Er fuhr fort: »Es ist einfach, sich ein Messer zu beschaffen. Achtet unbedingt auf Eigensicherung, wenn ihr den Täter stellt.«

Während Grietje, Claas und Hinderk mit der Nahbereichsfahndung begannen, kehrten Mona und Enno kurz zur Wache zurück. Die Kommissarin hätte am liebsten sofort das Haus der Welkes gestürmt. Aber sie wäre in Teufels Küche gekommen, wenn sie die Aktion nicht von ihrem Chef absegnen ließ. Natürlich war auch Oltbeck wegen der Ereignisse im Krankenhaus in Alarmbereitschaft. Die Kommissarin teilte ihm ihre Überlegungen im Telegrammstil mit. Der Hauptkommissar schien erleichtert zu sein, weil sie zumindest eine vage Idee hatte, wo sich der Täter aufhalten könnte. Trotzdem sagte er: »Warum haben Sie nicht schon längst nach diesem Mann aus Juliane Welkes Vergangenheit gesucht, Frau Sander? Vielleicht hätte die Attacke im Hospital verhindert werden können!«

Sie erwiderte: »Wir haben erst vor Kurzem erfahren, dass dieser Ex-Verehrer der Witwe, Blomes Angreifer und Welkes Mörder vermutlich ein und dieselbe Person sind. – Und nun würden wir gern das Haus der Dame durchsuchen, bevor uns das Überraschungsmoment abhandenkommt!«

»Tun Sie das, es ist offensichtlich Gefahr im Verzug. Ich schicke Ihnen Kollegen zur Unterstützung. Und geben Sie bitte auf sich acht!«

So kam es, dass Mona und Enno gemeinsam mit Grietje und Hinderk wenig später wieder die Kaapdelle erreichten. Die Kommissarin wandte sich an die uniformierten Kollegen: »Ihr sichert bitte die Seiten, falls der Verdächtige durch ein Fenster entkommen will.«

Die sommersprossige Polizeimeisterin und ihr Dienstpartner nickten. Sogar Grietje verzichtete in dieser Situation auf einen lockeren Spruch. Sie alle hatten ein großes Interesse daran, die Gefahrenlage möglichst schnell und unblutig zu beenden. Die Ermittler zogen ihre Pistolen. Enno klingelte an der Tür.

Juliane Welke wirkte arglos, als sie wenig später öffnete. Und sie erschrak, als sie die Waffen in den Händen der Kommissare erblickte.

»Moin, Frau Welke. Haben Sie gerade Besuch?«

Mit diesen Worten wandte sich Mona an die Witwe, schaute ihr dabei direkt ins Gesicht.

»Nein, Frau Sander. Aber was soll …?«

Die Kriminalistin unterbrach sie: »Davon möchten wir uns lieber selbst überzeugen.«

Mona und Enno drangen in das Haus ein. Sie gaben sich gegenseitig Deckung, während sie Raum für Raum durchsuchten. Die Witwe hatte nicht gelogen. Sie war allein, zumindest im Moment. Juliane Welke hatte sich schnell von der Überraschung erholt. Als die beiden wieder zu ihr kamen, hörte sie sich wütend an: »Ich werde mich über Sie beschweren! Dürfen Sie überhaupt ohne Durchsuchungsbeschluss hier eindringen?«

»Bei Gefahr im Verzug ist das ausnahmsweise erlaubt«, erklärte Enno.

Die Witwe schnaubte verächtlich.

»Ach, wirklich, Herr Moll? Und was genau ist so bedrohlich an mir, dass Sie plötzlich mit gezogenen Pistolen mein Haus stürmen?«

Mona übernahm die Antwort: »Es geht nicht um Sie, sondern um einen Mann aus Ihrer Vergangenheit. Wir gehen davon aus, dass diese Person Ihren Gatten getötet hat, Norbert Blome schwer verletzte und außerdem vor Kurzem mit einem Messer bewaffnet ins Krankenhaus eingedrungen ist – wo unsere Kollegin ihn in Notwehr angeschossen hat.«

Juliane Welke erschrak sichtlich. Einen Moment lang befürchtete die Kommissarin, dass sie mit ihrer Theorie komplett falschlag und dieser Verehrer nur Silke Kochs Fantasie entsprungen war, um von ihrem eigenen ehebrecherischen Verhalten abzulenken. Doch dann stammelte die Witwe: »Ich hätte es Lothar nie zugetraut, dass er zu solchen Untaten fähig wäre!«

»Sie wissen also genau, von wem ich rede.«

»Ja, Frau Sander. – Und es stimmt, dieser Mann ist wieder bei mir aufgetaucht – wie ein Alptraum, der immer zurückkehrt.«

»Wir müssen unbedingt erfahren, wo Lothar sich momentan aufhält«, machte die Kommissarin deutlich. Sie fuhr fort: »Er hat wahrscheinlich mehrere schwere Straftaten begangen. Wenn Sie uns Informationen vorenthalten, machen Sie sich der Beihilfe schuldig.«

Juliane Welke schien den Ernst ihrer Lage zu begreifen. Sie ging in die Küche, goss sich ein Glas Wasser ein und trank es in einem Zug aus. Dann atmete sie tief durch.

»Ich werde Ihnen alles sagen, was ich weiß«, versicherte sie, »aber wo Lothar Roberts sich momentan verkriecht, kann ich Ihnen leider nicht sagen. Ich würde es tun, glauben Sie mir. Ich hatte ja keine Ahnung, dass er zum Mord an meinem Mann fähig wäre!«

Ob diese Aussage glaubhaft war? Mona wollte mehr Informationen bekommen, bevor sie sich ein Urteil bildete.

»Wann haben Sie Lothar Roberts zum letzten Mal gesehen?«, fragte die Kommissarin.

»Das war am 19. September. Ich ging am Strand spazieren, als er plötzlich vor mir stand. Er tat so, als ob er mir zufällig begegnet wäre. Aber ich glaubte ihm kein Wort.«

»Warum nicht?«

»Weil dieser Mann in seiner eigenen Welt lebt, Frau Sander. Er biegt sich die Wirklichkeit so zurecht, wie es ihm passt. Wenn er sich einredet, dass ich ihn immer noch lieben würde, dann tut er das so lange, bis er es selbst glaubt. – Ich hatte gehofft, ihn nie wiedersehen zu müssen.«

»Sie hatten früher eine Beziehung mit ihm?«

Die Witwe reagierte auf Monas Frage mit einem heftigen Kopfnicken: »Ja, leider. Es dauerte lange, bis ich ihn durchschaut hatte.

Aber dann trennte ich mich von ihm. Wenig später verliebte ich mich in Henner, meinen ehemaligen Französischlehrer. Er war das absolute Gegenteil von Lothar – lebenserfahren, in sich ruhend und aufmerksam. Henner tat mir einfach gut.«

»Wusste Ihr Ex-Freund denn von Ihrer Heirat?«, wollte Mona wissen.

»Ich habe ihm jedenfalls keine Einladung zur Hochzeit geschickt«, erwiderte die Witwe. »Und meinen Umzug nach Borkum versuchte ich ebenfalls vor ihm geheim zu halten. Offensichtlich hat es nichts genützt.«

Mona führte sich vor Augen, dass Lothar Roberts Juliane Welke schon Tage vor der Ermordung ihres Mannes kontaktiert hatte. Ob er zu dieser Zeit bereits das Todesurteil für Henner Welke gefällt hatte?

»Was sagte Ihr Ex-Freund bei dieser *zufälligen Begegnung* zu Ihnen?«

Die Kommissarin betonte die beiden Wörter ironisch.

Juliane Welke antwortete: »Er tat so, als ob zwischen uns immer noch alles wie früher wäre. Meine Ehe und meinen Umzug auf die Insel erwähnte er mit keinem Wort. Ich fragte ihn, warum er auf Borkum erschienen wäre. Er ließ einen seiner üblichen Lothar-Sprüche vom Stapel: Die Wogen des Schicksals hätten ihn an unsere Strände gespült. So oder ähnlich drückte er sich aus. Das kannte ich schon von ihm. Mein Ex blieb stets vage und undurchsichtig. Er liebt es, den Geheimnisvollen zu spielen.«

»Wie bestreitet dieser Herr eigentlich seinen Lebensunterhalt?«, wollte Enno wissen.

»Das kann ich Ihnen gar nicht so genau sagen, Herr Moll. Er hatte auf jeden Fall immer Geld. Wenn ich ihn früher darauf ansprach, lachte er immer nur und behauptete, ein Glückskind zu sein.«

Ob Juliane Welke wirklich nicht mehr wusste, als sie in diesem Moment behauptete? Für Mona war es nicht so wichtig, womit der Verdächtige sein Geld verdiente. Jetzt zählte vor allem, ihn so bald wie möglich zu verhaften.

Enno sagte: »Dieser Mann hat die Gewalttaten offenbar begangen, um Sie zurückzugewinnen. Daher werden wir Ihr Haus observieren – für den Fall, dass er sich bei Ihnen sehen lässt.«

»Halten Sie mich wirklich für so gefühlskalt, dass ich mit Henners Mörder durchbrenne?«, stieß die Witwe hervor. Sie wirkte empört.

Mona schüttelte den Kopf und erklärte: »Das hat Ihnen niemand unterstellt. Lothar Roberts hat alles dafür getan, den Verdacht auf eine andere Person zu lenken – nämlich auf Menard Dottum. Er tauchte rechtzeitig vor dem Mord wie aus dem Nichts hier auf, das gehörte zu seinem Kalkül. Und sobald Ihr Ehemann nicht mehr lebte, wollte er als der tröstende Ex-Freund einspringen.«

»Was für ein Widerling!«, grollte Juliane Welke. Ihr Abscheu schien echt zu sein.

Der Oberkommissar betonte: »Sie müssen sich nicht fürchten, wir behalten Sie im Auge. Roberts wird Ihnen nichts tun können.«

»Ich verstehe nun, warum Sie vermuten mussten, dass ich meinen Ex hier versteckt hätte«, sagte die Witwe, »und es tut mir leid, dass ich vorhin so schroff war.«

»Das ist schon vergessen, wir befinden uns momentan alle in einer Ausnahmesituation«, sagte Mona zum Abschied.

Nachdem die Kommissare das Haus verlassen hatten, besprachen sie mit Grietje und Hinderk die Lage.

»Wir können uns gern auf die Lauer legen, um diesen Mistkerl zu schnappen«, bot die Polizeimeisterin an. Sie fügte hinzu: »Messerhelden können wir auf unserer Insel wirklich nicht gebrauchen. «

Mona klopfte der jungen Kollegin auf die Schulter.

»Das ist die richtige Einstellung«, lobte sie. »Nehmt eine gute Position ein, von der aus ihr das Haus im Blickfeld habt, ohne selbst bemerkt zu werden.«

»Logisch, wir sind doch keine Anfänger«, gab Grietje selbstbewusst zurück.

Mona und Enno fuhren wieder zur Polizeistation.

»Wir sollten überprüfen, ob Lothar Roberts schon mal polizeilich aufgefallen ist«, schlug der Oberkommissar vor. Er fügte hinzu: »Es würde mich wundern, wenn er noch nicht mit dem Gesetz in Konflikt gekommen wäre. So eine Gewaltbereitschaft, wie er sie gezeigt hat, entwickelt man ja nicht über Nacht. – Und ich denke, dass Juliane Welke uns weiterhin wichtige Einzelheiten verschweigt.«

»Zum Beispiel, wie ihr Ex-Freund sich finanziert?«

»Richtig, Mona. Ich kann mir gut vorstellen, dass Roberts nicht von ehrlicher Arbeit lebt. Wenn die Witwe sich nicht der Mitwisserschaft schuldig machen will, spielt sie besser weiterhin die Unschuld vom Lande.«

»Ja, das klingt plausibel«, sagte die Kommissarin. Dann telefonierte sie noch einmal die Apotheken ab. Leider ließ sich nicht einschätzen, wie schwer Roberts' Schussverletzung war. Fest stand nur, dass er Blut verloren hatte.

»Was würdest du tun, wenn du dir eine Kugel eingefangen hättest und nicht zum Arzt oder ins Krankenhaus gehen dürftest, Enno?«

»Ich würde aus einem Auto einen Erste-Hilfe-Kasten klauen und mich mit dem Material daraus selbst verbinden – es sei denn, meine Wunde wäre zu groß oder zu tief. Was Roberts angeht, so hat er ja zu diesem Zweck schon ein Handtuch mitgehen lassen. Aber das ist nur eine Notlösung. Längerfristig braucht er einen richtigen Verband.«

»Das ist eine gute Idee. Falls während der nächsten Stunden PKW-Aufbrüche zur Anzeige gebracht werden, kann uns dies wieder auf Roberts' Spur bringen«, meinte die Kriminalistin.

»Es gibt allerdings noch eine andere Variante«, begann Enno und erklärte: »Der Täter wird von Aiskes Kugel getroffen. Der Adrenalinausstoß in seinem Körper täuscht ihn zunächst über die Schwere seiner Verletzung hinweg. Er hat sogar noch Kraft genug, um schnell abzuhauen. Aber irgendwann lässt seine Energie nach, er braucht eigentlich Hilfe. Doch inzwischen hat er zu viel Blut verloren. Er verliert das Bewusstsein. Falls wir ihn vor Anbruch der Dunkelheit nicht finden, kann er bis morgen früh tot sein.«

Mona schüttelte den Kopf und betonte: »Das darf nicht geschehen, Roberts soll sich für seine Untaten verantworten müssen. Ich will ihn vor Gericht schwitzen sehen, aber dafür müssen wir ihn lebend verhaften.«

Inzwischen war es Nachmittag, bis zum Sonnenuntergang würden noch mehrere Stunden vergehen. Die Mittagspause musste an diesem Tag ausfallen, aber Mona war sowieso der Appetit vergangen. Selbst Enno schien momentan nicht an eine deftige Kalorienaufnahme zu denken.

Im Büro fuhr die Kommissarin ihren PC hoch und gab als Suchbegriff den Namen des Verdächtigen ein.

»Lothar Roberts ist ein verurteilter Straftäter«, sagte sie zu ihrem Kollegen. »Er wurde wegen Beihilfe zum Betrug vor fünf Jahren zu einer zweijährigen Bewährungsstrafe verurteilt.«

»Beihilfe zum Betrug ist ja nun nicht gerade ein Gewaltdelikt«, gab der Ostfriese zu bedenken.

»Das nicht, aber ich habe jetzt nur erwähnt, welche Straftat ihm nachgewiesen werden konnte. Hier ist auch von einem brutalen Raubüberfall die Rede, bei dem Roberts in Verdacht geriet. Nachzuweisen war ihm nichts. Das bedeutet aber nicht, dass er unschuldig war. – Aber ich halte dich gerade vom Telefonieren ab, wie ich sehe.«

Der Oberkommissar hielt nämlich den Hörer seines Festnetzapparates in der Hand. Er sagte: »Ich will vorsichtshalber einige Vermieter und Verwalter kontaktieren, deren Ferienhäuser momentan leerstehen. Irgendwo muss Roberts sich ja verkriechen. Es wäre gut möglich, dass er einen Einbruch begeht.«

»Ja, natürlich«, gab Mona zurück. Sie nahm Kontakt mit der Touristinformation auf. Jeder Besucher der Insel musste einen Gästebeitrag entrichten, daher waren ihre Namen dort bekannt. Doch Roberts hatte weder unter seinem richtigen Namen noch als Lars Vogel in einem Beherbergungsbetrieb eingecheckt. Das bedeutete allerdings nicht, dass er nirgendwo auf Borkum eine Übernachtungsmöglichkeit gefunden hatte. Es gab nämlich auch einige schwarze Schafe, die illegal Zimmer vermieteten, um die Einnahmen nicht versteuern zu müssen. Und solche Unterkünfte meldeten ihre Gästebelegung logischerweise nicht bei einer offiziellen Stelle.

Die Kommissarin druckte ein erkennungsdienstliches Foto aus, das bei Roberts' Verhaftung in Mannheim aufgenommen worden war. Dieses Ereignis lag schon einige Jahre zurück, aber sie erkannte eindeutig den angeblichen Journalisten wieder. Sie zeigte Enno das Bild und sagte: »Erinnerst du dich an den Knaben? Er liebt das Risiko, andernfalls wäre er als mutmaßlicher Mörder wohl kaum bei unserer Pressekonferenz erschienen. Auch die beiden Messerangriffe – auf der Promenade und im Krankenhaus – zeugen von seiner Dreistigkeit.«

»Er hält sich für unbesiegbar«, vermutete der Oberkommissar und fuhr fort: »Entweder hat er Aiske nicht zugetraut, dass sie schießen würde – oder er rechnete nicht damit, dass Blome Polizeischutz bekommt.«

»Ja, er …«

Mona konnte den Satz nicht beenden, denn ihr Smartphone klingelte. Dr. Siemers war am Apparat.

»Frau Sander, Norbert Blome ist jetzt bei Bewusstsein und ansprechbar. Er will unbedingt mit Ihnen reden.«

## Kapitel 15

Die Kommissare kehrten sofort zum Krankenhaus zurück. Der Arzt erwartete sie bereits.

»Ich bitte Sie, die Unterredung möglichst kurz zu halten. Herr Blome ist noch sehr geschwächt und braucht viel Ruhe. Doch er scheint unbedingt etwas loswerden zu wollen.«

Mona versprach hoch und heilig, sich kurzzufassen. Dann sagte sie zu Enno: »Blome wollte sich ja ursprünglich mit mir allein treffen, er scheint mich zu mögen. Vielleicht ist es besser, wenn du vor dem Krankenzimmer wartest.«

»Kein Problem«, versicherte der Oberkommissar und zwinkerte seiner Kollegin zu. Monas Herz klopfte laut, als sie nach ihrem Klopfen eintrat. Blome war sehr blass. Er lag in einem Krankenbett, eine Nadel in seinem rechten Arm war durch einen Schlauch mit einer Infusionsflasche verbunden. Doch als er die Kriminalistin erblickte, verzogen sich seine rissigen Lippen zu einem schüchternen Lächeln.

»Frau Sander – wie schön, dass Sie es geschafft haben. So hatte ich mir unsere Verabredung eigentlich nicht vorgestellt.«

»Das geht mir genauso, Herr Blome. Ich will Sie nicht lange stören. Sie wollten mir ja etwas Wichtiges mitteilen …«

Mit diesen Worten nahm sie auf einem Stuhl neben dem Bett Platz. Der Patient schaute sie schweigend an, während sie Verlegenheit in sich aufsteigen fühlte. Blome schien sie wirklich sehr zu mögen. Doch sie war definitiv nicht zum Flirten hergekommen.

»Unser Treffen, Herr Blome«, erinnerte sie ihn. »Was wollten Sie mir sagen?«

»Ja, das ist mir etwas unangenehm … ich will ja nicht, dass Sie mich für einen Spanner halten …«

»Unsinn!«, sagte sie lachend und tätschelte seine Hand. »Sprechen Sie einfach frei von der Leber weg. Und vergessen Sie nicht, dass Sie uns bei der Aufklärung eines Mordfalls helfen können!«

Die kurze Berührung schien Blome zusätzlich motiviert zu haben.

»Es begann damit, dass ich vor einigen Tagen Welkes Ehefrau mit einem anderen Mann am Strand erblickte.«

»Wann war das genau?«

»Am 19. September, denke ich.«

»Was taten die beiden?«, wollte Mona wissen.

Der Zeuge schien peinlich berührt zu sein.

»Sie küssten sich«, flüsterte er und schaute nach links und rechts – so, als ob er mit Mona nicht allein in dem Zimmer wäre.

Davon hat Juliane Welke nichts erwähnt, dachte die Kommissarin. Ihr gegenüber hatte die Witwe so getan, als ob ihr die Begegnung mit dem »Mann aus ihrer Vergangenheit« äußerst unangenehm gewesen wäre. Offenbar durfte man wirklich nicht jedes Wort dieser Frau auf die Goldwaage legen.

Inwieweit konnte Juliane Welke in die Mordpläne ihres Verflossenen verwickelt sein? Mona hatte ihre Trauer bisher stets für glaubwürdig gehalten. Daran zweifelte sie nun ernsthaft. Die Ermittlerin zog das erkennungsdienstliche Foto von Roberts aus der Tasche.

»Ist das der Mann, den Sie mit Frau Welke gesehen haben?«

Blome erschrak sichtlich.

»Ja! Ist das ein Verbrecher?«

»Wir halten ihn zumindest für höchst verdächtig. – Wurden Sie von dem Mann auf der Promenade angegriffen?«

Blome hielt das Bild nun in der linken Hand. Sie zitterte leicht.

»Ich kann es nicht ausschließen, aber auch nicht bestätigen, Frau Sander. Es ging alles so schnell. Ich habe diesen Jogger erst bemerkt, als wir zusammenstießen. Er hatte eine Kapuze über den Kopf gezogen, das weiß ich noch. Danach kann ich mich nur noch an den Schmerz erinnern.«

Mona sagte schnell: »Das verstehe ich. – Erzählen Sie mir bitte, wie es nach dem Kuss weiterging.«

»Ich war hin und her gerissen. Einerseits hätte ich Welke über meine Beobachtung unterrichten sollen. Andererseits wollte ich mich nicht in fremde Angelegenheiten einmischen. Hinzu kam, dass nicht nur ich dieses Pärchen bemerkte, sondern auch umgekehrt.«

»Sie wollen sagen, dass Sie von Juliane Blome und von ihrem Liebhaber gesehen wurden?«

»Von ihr wohl nicht, denn sie stand mit dem Rücken zu mir. Aber der Kerl hat mich bemerkt, da bin ich mir sicher. Er warf mir einen Blick zu, der mir durch Mark und Bein ging. Ich tat so, als ob alles in Ordnung wäre, und spazierte weiter. Aber meine Knie waren weich wie Pudding.«

»Sie fühlten sich von dem Mann bedroht?«

»Er tat nichts, er rief mir auch keine Gemeinheiten nach oder so etwas. Trotzdem – es war seine ganze Ausstrahlung, die mir einen kalten Schauer über den Rücken laufen ließ.«

Mona erinnerte sich an die Momente in der Kulturinsel, als sie dem selbsternannten Journalisten Lars Vogel gegenübergesessen hatte. Sie konnte sich vorstellen, dass dieser Mann einschüchternd wirkte, ohne viel dafür tun zu müssen. Die Kommissarin selbst hatte gelernt, sich ihrer Haut zu wehren. Andernfalls wäre sie wohl im falschen Beruf tätig gewesen. Roberts war auf jeden Fall ein Gegner, den man nicht unterschätzen durfte. Blomes Stimme riss sie aus ihren Überlegungen: »In den nächsten Tagen kam es mir öfter so vor, als ob dieser Typ mich verfolgen würde – beim Boule-Spielen, beim Einkaufen und so weiter. Wenn ich mich umdrehte, war da niemand. Ich glaubte schon, Gespenster zu sehen. Doch dann kam der Moment, als Sie meine Freunde und mich auf dem Boule-Platz befragten. Da sah ich ihn plötzlich wieder. Er stand auf dem Bahnsteig. Aber ich bin mir sicher, dass er nicht auf einen Zug wartete, sondern mich beobachtete. Darum traute ich mich nicht, direkt mit Ihnen zu sprechen. So kam unsere Verabredung zustande.«

In diesem Moment erkannte Mona ihren Irrtum: Blome hatte auf dem Boule-Platz nicht auf seinen Mitspieler Siemers, sondern auf Roberts geblickt, der ein Stück weiter *hinter* Siemers auf dem Bahnsteig stand!

»Sie wollten es nicht riskieren, dass dieser Mann Sie im längeren Gespräch mit einer Kriminalbeamtin sieht«, stellte die Kommissarin fest.

»Ja, richtig. Deshalb rief ich Sie an und verabredete mich mit Ihnen in *Ria's Beach.* Ich hatte mich vorher vergewissert, dass dieser Kerl nicht in der Nähe war. Aber offensichtlich war ich nicht gründlich genug …«

»Er musste befürchten, dass Sie mich über sein Verhältnis zu Juliane Welke informieren würden«, sagte Mona, »und darum wollte er Sie für immer zum Schweigen bringen. Das ist ihm zum Glück nicht gelungen.«

»Ist dieser Mann noch auf freiem Fuß?«, fragte Blome. Seine Stimme hörte sich ängstlich an.

»Ja, aber Sie stehen unter Polizeischutz«, versicherte die Ermittlerin. Sie wusste nicht, ob Blome überhaupt etwas von Roberts' unerwünschtem Besuch im Krankenhaus mitbekommen hatte. Sie würde es ihm gewiss nicht auf die Nase binden. Aiske Berend war natürlich durch einen anderen Kollegen abgelöst worden.

Mona konnte sich nicht vorstellen, dass der mutmaßliche Mörder einen weiteren Anschlag auf Blomes Leben unternehmen würde.

Doch dieser Mann hatte bewiesen, dass man bei ihm stets mit einer bösen Überraschung rechnen musste. Sie stand auf und sagte: »Ich wünsche Ihnen gute Besserung. Ihre Aussage war für uns von großem Wert.«

Blome strahlte förmlich.

»Ich freue mich, wenn ich Ihnen helfen kann, Frau Sander!«

Mona schloss schmunzelnd die Krankenzimmertür von außen. Sie hielt zunächst vergeblich nach Enno Ausschau. Dann fand sie ihren Kollegen auf der anderen Seite des Gebäudes. Dort stand nämlich ein Süßwarenautomat, aus dem er sich bedient hatte.

»Lass es dir schmecken!«, sagte sie lächelnd und berichtete, was sie von Blome erfahren hatte.

»Ja, das ist plausibel«, erwiderte der Ostfriese kauend. Er fuhr fort: »Roberts wollte die Aussage des Zeugen verhindern – wobei man sich natürlich fragen kann, warum er das Risiko einer ›zufälligen Begegnung‹ am Strand eingegangen ist. Er hätte ja seine Ex-Freundin stattdessen ganz diskret daheim aufsuchen können, wenn ihr Ehemann nicht da ist.«

»Das habe ich mir auch überlegt«, erwiderte Mona. »Vielleicht wollte er einfach nicht zugeben, dass er nur wegen Juliane Welke nach Borkum gekommen ist. Wer kann schon sagen, was in seinem Kopf vorgeht. Aus seiner Sicht reichte jedenfalls Blomes Anwesenheit bei dem Kuss, um diesen Mann für immer zum Schweigen bringen zu wollen. Daraus lässt sich schon schlussfolgern, wie gefährlich Roberts ist.«

»Es wäre gut, wenn wir ihn noch heute Nacht verhaften könnten«, meinte der Oberkommissar.

Sie fuhren zunächst Richtung Wache, um Oltbeck auf den neuesten Stand zu bringen. Danach wollten die beiden sich an der Fahndung nach dem flüchtigen Täter beteiligen.

In der Polizeistation klopfte Mona an die Tür des Vorgesetzten und trat dann ein. Sie erblickte einen Unbekannten, der auf einem Besucherstuhl des Dienststellenleiters saß.

»Entschuldigung – uns war nicht bewusst, dass jemand bei Ihnen ist«, sagte sie.

Eigentlich rechnete die Kriminalistin mit einem Anraunzer. Doch stattdessen stand Oltbeck auf und machte eine einladende Bewegung.

»Das macht nichts, Frau Sander. Ich wollte Sic ohnehin gerade kontaktieren, um Ihnen und Herrn Moll Hauptkommissar Niekamp vorzustellen. – Der Kollege arbeitet beim Landeskriminalamt und könnte Ihrem aktuellen Fall eine ganz neue Wendung geben!«

## Kapitel 16

Damit hatte Mona nicht gerechnet. Und auch Enno wirkte erstaunt. Nachdem die beiden sich mit Niekamp bekannt gemacht hatten, nahm die Kommissarin auf dem anderen Besucherstuhl Platz. Der Ostfriese lehnte sich hinter ihr gegen die Wand. Der Kollege aus Hannover war ein unauffällig wirkender Mann mit randloser Brille und einem beigen Freizeitanzug. Er begann: »Ich befasse mich mit dem Bereich Cyberkriminalität. Ihnen ist gewiss bekannt, dass zahlreiche Täter ihren Sitz im Ausland haben und erfolgreich verbergen, wo sie sich tatsächlich aufhalten. Und Beweise für ihre Straftaten lassen sich nur schwer sichern.«

Mona lag die Frage auf der Zunge, was dies mit ihrem aktuellen Fall zu tun hatte. Aber sie beherrschte sich ausnahmsweise und hielt ihren Schnabel.

»Um welche Art von Internetdelikten geht es konkret?«, wollte Enno wissen.

»Hauptsächlich Identitätsdiebstahl sowie Betrug mithilfe von gefälschten Homepages von bekannten Shops. Früher waren solche Nachahmungen sehr plump, aber sie werden immer besser. – Trotz hochprofessioneller Verschleierungstechniken haben wir es geschafft, die IP-Adresse eines Verdächtigen zu enttarnen. Es handelt sich um den Anschluss von Henner Welke. Ich nahm deshalb Kontakt mit Herrn Oltbeck auf. Von ihm erfuhr ich, dass Welke ermordet wurde.«

Enno sagte: »Ich habe das Haus der Welkes durchsucht, weil wir nach dem Mordverdächtigen Lothar Roberts fahnden. Der Computer stand weder im Wohnzimmer noch im Schlafzimmer des Ehemanns. Er befand sich in dem Raum, der von der Ehefrau genutzt wird.«

Und Mona ergänzte: »Juliane Welke hat nach eigener Aussage ihr Informatik-Studium aus gesundheitlichen Gründen abbrechen müssen. Sie hat sich also in der Vergangenheit schon intensiv mit Datenverarbeitung beschäftigt – und ihr blieb genug Zeit, um illegalen Aktivitäten nachzugehen. Uns gegenüber hat sie angegeben, unter Migräne zu leiden. Während dieser Phasen wurde sie offenbar von ihrem Ehemann nicht gestört. Sie hätte also – getarnt als harmlose Hausfrau – unbehelligt ihren kriminellen Machenschaften nachgehen können.«

Niekamp schien nicht überzeugt: »Allein während der vergangenen drei Monate dürfte von diesem IP-Anschluss aus eine fünfstellige Summe ergaunert worden sein. Da frage ich mich doch, warum die Dame überhaupt geheiratet hat und nach Borkum gezogen ist. Denn dadurch ging sie zweifellos ein Risiko ein. Es gibt leider genügend Staaten auf der Welt, die in Wirtschaftsstrafsachen nicht an Deutschland ausliefern. Von einem dieser Länder aus hätte sie in aller Ruhe Opfer in Europa übers Ohr hauen können, ohne die Justiz fürchten zu müssen.«

»Darüber können wir nur spekulieren«, sagte Mona, »aber durch Ihre Informationen haben Sie uns ein weiteres mögliches Motiv für den Mord an Henner Welke geliefert.«

Der LKA-Kollege schaute die Kommissarin verblüfft an. Oltbeck und Enno schienen ebenfalls nicht zu wissen, worauf sie hinauswollte. Mona berichtete Niekamp zunächst vom aktuellen Ermittlungsstand. Sie fügte hinzu: »Bisher waren wir davon ausgegangen, dass Roberts die Ehe seiner Ex-Freundin nicht akzeptiert hat und ihren Gatten beseitigte, um sie zurückzugewinnen. Das mag auch wirklich so sein. Aber woher wissen wir eigentlich, ob Juliane Welke und Lothar Roberts nicht früher zusammen krumme Geschäfte gemacht haben? Der Tatverdächtige ist wegen Beihilfe zum Betrug vorbestraft, daher ist diese Möglichkeit nicht so abwegig.«

»Also eine Art Bonnie und Clyde des Computerzeitalters?«, fragte Niekamp nach. Mona glaubte schon, dass er sich über sie lustig machen wollte. Aber der Hauptkommissar sichtete die Daten der beiden Personen auf seinem Notebook und fuhr fort: »Sie könnten mit Ihrer Annahme richtigliegen, Frau Sander. Juliane Welke – die als Juliane Beck geboren wurde – und Lothar Roberts stammen beide aus Heilbronn. Das dürfte eine Stadt mit einer sehr überschaubaren Unterwelt sein. Es ist gut vorstellbar, dass sie nicht nur ein Liebes-, sondern auch ein Verbrecherpaar waren.«

Oltbeck wirkte so geschmeichelt, als ob er selbst diesen Zusammenhang vermutet hätte. Er schien sagen zu wollen: *Ist es nicht beeindruckend, wie qualifiziert meine Mitarbeiter sind?*

»Juliane Welke ist die Schlüsselfigur dieses Falls«, meinte Enno. »Sie hat uns noch nicht die ganze Wahrheit gesagt. Entkommen kann sie nicht, ihr Haus wird momentan durch uniformierte Kollegen im Auge behalten.«

Normalerweise hätte der Chef gemeckert, weil er diese Maßnahme nicht angeordnet hatte. Aber da es ihm offenbar gefiel, den Mann vom Landeskriminalamt zu beeindrucken, nickte Oltbeck nur huldvoll und sagte: »Sehr gut, Herr Moll. – Herr Niekamp, Sie haben ja einen Durchsuchungsbefehl für Henner Welkes Haus. Wollen Sie die Witwe gleich verhaften?«

»Das wäre mir recht. In jeder Minute, die sie aktiv ist, werden arglose Opfer um ihre Ersparnisse geprellt«, erwiderte der Hauptkommissar aus Hannover.

Mona fand es nicht ideal, Juliane Welke ausgerechnet jetzt festzunehmen. Die Kriminalistin hoffte darauf, dass Roberts sich zu seiner Ex-Freundin schlich und man ihn dabei überrumpeln konnte. Andererseits: Niemand wusste genau, wie schwer seine Verletzung wirklich war. Vielleicht schaffte er es nicht mehr, aus eigener Kraft die Kaapdelle zu erreichen. So gesehen wäre es Zeitverschwendung, auf sein Erscheinen zu warten.

Also stand die Kommissarin auf und sagte: »Juliane Welke muss endlich Farbe bekennen. Ich finde, diese Frau hat lange genug unsere Ermittlungen behindert!«

*

Die Kommissare fuhren zusammen mit Niekamp zur Kaapdelle. Bevor sie das Haus der Welkes betraten, schauten sie kurz bei Grietje und Hinderk vorbei. Die uniformierten Kollegen hatten in der Nähe Position bezogen. Die junge Polizeimeisterin wurde ganz aufgeregt, als sie erfuhr, dass Niekamp sich mit Cyberkriminalität befasste.

»Das wäre auch eine Aufgabe für mich!«, behauptete sie. »Geben Sie einfach Bescheid, falls in Hannover eine Planstelle frei wird!«

*Als ob du Borkum jemals verlassen könntest,* sagte Mona in Gedanken zu Grietje. Doch sie verkniff sich die Bemerkung und fragte stattdessen, ob sich am Haus etwas getan hätte.

»Selbstverständlich nicht!«, erwiderte die Polizistin mit den Wuschelhaaren. »In dem Fall hätten wir euch sofort informiert.«

»Alles klar, haltet bitte weiterhin die Augen offen.«

Mit diesen Worten verabschiedete Mona sich. Sie und Enno gingen auf die Haustür der Welkes zu. Diesmal überließen sie allerdings Niekamp den Vortritt, nachdem der Oberkommissar geklingelt hatte. Die Witwe öffnete nach wenigen Augenblicken.

Ob sie mit unserem neuerlichen Besuch schon gerechnet hat?, fragte die Kommissarin sich. Die Gesichter der beiden Borkumer Ermittler waren Juliane Welke inzwischen vertraut. Niekamp nannte seinen Namen und präsentierte seinen Dienstausweis. Er sagte: »Frau Welke, ich habe hier einen Durchsuchungsbeschluss für dieses Haus.«

Er überreichte ihr das offizielle Dokument. Sie wirkte eher überrascht als verärgert.

»Ich verstehe, aber Ihre Kollegen haben vorhin schon in alle Räume geschaut«, meinte die Witwe.

Bevor Niekamp etwas einwenden konnte, öffnete Mona den Mund: »Das stimmt. Zu dem Zeitpunkt suchten wir allerdings nach Lothar Roberts. Herr Niekamp ist wegen Ihrer kriminellen Aktivitäten im Internet hier!«

Juliane Welkes linker Mundwinkel zuckte ganz kurz, ansonsten zeigte sie keine Reaktion.

»Ich weiß nicht, was Sie meinen.«

Besonders überzeugend klang dieser Satz der Witwe nicht, wie die Kommissarin fand. Niekamp ließ sich jedenfalls nicht beirren: »Lassen Sie uns drinnen weitersprechen.«

Juliane Welke trat zögernd zur Seite.

»Ich zeige Ihnen, wo der Computer steht«, bot Enno dem LKA-Kollegen an. Die beiden Männer stiegen die Treppe hoch, während Mona die Witwe im Auge behielt.

»Was ist hier nur los?«, stammelte Juliane Welke. »Ich komme mir wie in einem bösen Traum vor.«

»Sie wissen genau, um was es geht. – Hat Roberts sich inzwischen telefonisch bei Ihnen gemeldet?«

»Nein, in dem Fall hätte ich sofort Kontakt mit Ihnen aufgenommen. Ich will von diesem Mann nichts mehr wissen!«

Und was ist mit dem Kuss?, dachte die Kommissarin. Sie beschloss, diese Frage zu einem späteren Zeitpunkt zu stellen. Mona sagte: »Wir verhaften Sie wegen des Verdachts auf Beihilfe zum Mord an Ihrem Ehemann sowie wegen des Verdachts auf Betrug bei Internetgeschäften. Sie müssen sich nicht selbst belasten und können einen Rechtsanwalt hinzuziehen. – Ich werde Sie jetzt durchsuchen. Haben Sie ein Messer oder spitze Gegenstände bei sich?«

»Nein, ich … das darf doch alles nicht wahr sein! Warum denken Sie plötzlich, dass ich an Henners Ermordung beteiligt wäre? Ich habe ihn geliebt!«

Die Ermittlerin erwiderte nichts, sondern tastete die Frau ab, stülpte ihre Taschen um. Juliane Welke war wirklich unbewaffnet. Nun kam der Ostfriese aus dem Obergeschoss herab, einen PC tragend.

»Ich bringe den Computer schon mal ins Auto, Herr Niekamp hält noch nach externen Festplatten und anderen Datenträgern Ausschau«, erklärte er.

Die Witwe wurde blass, als sie den Abtransport des Geräts beobachtete. Vielleicht begriff sie erst jetzt richtig den Ernst ihrer Lage.

»Das ist verrückt«, murmelte sie. »Lothar hat es wieder einmal geschafft, mich in Schwierigkeiten zu bringen.«

Nun kam auch der LKA-Hauptkommissar die Stufen hinab. Er hatte einen Schuhkarton unter dem Arm.

»Eine gründlichere Durchsuchung sollten wir den Kriminaltechnikern überlassen – und zwar bei Tageslicht«, meinte er. Sie verließen das Haus, nachdem Enno an der Tür ein polizeiliches Siegel angebracht hatte.

## Kapitel 17

Nachdem sie die Polizeistation erreicht hatten, führte Mona die Witwe in den Verhörraum. Bevor die Kriminalisten sich zu ihr setzten, berieten sie sich untereinander.

»Ich benötige Zeit, um die Daten auf dem Computer und den externen Festplatten zu sichten«, erklärte Niekamp, »und die Aufklärung des Mordfalls steht natürlich im Vordergrund. Da war ich ja an den Ermittlungen gar nicht beteiligt. Es ist am besten, wenn ich an den Befragungen als stiller Zuhörer teilnehme und mich nur zu Wort melde, wenn die Aussagen dieser Frau meinen Bereich betreffen.«

Mit diesem Vorschlag waren Mona und Enno einverstanden. Sie gingen zusammen mit Niekamp zu Juliane Welke. Der Oberkommissar belehrte sie über ihre Rechte und wies darauf hin, dass das Verhör als Audiodatei aufgezeichnet wurde.

»Ich verzichte auf einen Anwalt«, erklärte die Verdächtige und fuhr fort: »Fragen Sie, was Sie von mir wissen wollen, damit ich endlich meine Ruhe habe.«

Mona begann: »Als ich Sie fragte, wovon Roberts lebt, haben Sie mir eine ausweichende Antwort gegeben.«

Die Witwe zuckte mit den Schultern: »Ja, weil ich es nicht wusste und vielleicht auch gar nicht wahrhaben wollte.«

»Ja, das wäre eine Möglichkeit«, entgegnete die Kommissarin. »Eine andere Variante lautet: Sie und Roberts waren nicht nur ein Liebespaar, sondern auch Partner bei den Internetbetrügereien. Wenn Sie uns mitgeteilt hätten, dass Ihr Ex in solche krummen Geschäfte verwickelt war, wären wir früher oder später auf Ihre eigene Tatbeteiligung gestoßen. Das konnten Sie nicht riskieren.«

»Das ist nicht wahr«, murmelte die Witwe. Doch ihre Körpersprache zeigte, dass Mona den Nagel auf den Kopf getroffen hatte. Juliane Welke wirkte in diesem Moment wie eine ertappte Sünderin. Vielleicht hatte sie einfach keine Kraft mehr, um die Fassade einer zu Unrecht Beschuldigten aufrechtzuerhalten.

»Wenn Sie in der Vergangenheit mit Lothar Roberts zusammengearbeitet haben, ist es nur eine Frage der Zeit, bis wir Ihnen dies beweisen können«, stellte Niekamp klar. Er fügte hinzu: »Sie tun sich selbst keinen Gefallen, wenn Sie diese Dinge vor uns zu verbergen versuchen.«

Die Witwe erwiderte: »Also gut, es stimmt. Lothar und ich lernten uns im Studium kennen. Mir gefiel damals seine wilde Art, ich fand ihn aufregend. Und er steckte mich an mit seiner Verachtung für Gesetze und Vorschriften. ›Es gibt nur eine Art von Regel, an die ich mich halte – mathematische Gleichungen‹ – das war ein Standardspruch von ihm, der mich damals sehr beeindruckte.«

»An Zahlen lässt sich nicht rütteln«, stellte Mona fest, »eins plus eins ergibt zwei, das begreift jeder. Trotzdem lassen Ziffern und Buchstaben sich manipulieren, um arglosen Opfern das Geld aus der Tasche zu ziehen.«

»Am Anfang kam es mir gar nicht so vor, als ob wir jemanden schädigen würden«, behauptete Juliane Welke. »Es reichten ein paar simple Tricks, um eine Menge Geld zu verdienen – vor allem im Vergleich zu den Kellnerinnen-Jobs, die man als Studentin normalerweise angeboten bekommt. Da habe ich in ein paar Stunden am Computer erheblich mehr verdient.«

Die Witwe sprach ganz sachlich über ihre kriminellen Taten. Falls sie ihre Verbrechen bereute, ließ sie es sich jedenfalls nicht anmerken. Mona spürte, wie sie ungeduldig wurde: »Sie wurden also gemeinsam mit Ihrem damaligen Freund kriminell. Und wie kam es zum Bruch mit Roberts? Oder hat dieses Zerwürfnis in Wirklichkeit gar nicht stattgefunden?«

»Wie meinen Sie das, Frau Sander?«

»So, wie ich es gesagt habe. War Ihre Ehe mit Henner Welke letztlich nur eine Farce? Dieser Mann hätte ja vom Alter her fast Ihr Vater sein können.«

Die Kommissarin hatte bewusst scharfe Worte gewählt, um die Witwe aus der Reserve zu locken. Und das gelang ihr auch. Juliane Welkes Reaktion war heftig: »Hat Ihnen schon einmal jemand gesagt, wie unverschämt Sie sind? Ob Sie es glauben oder nicht – ich habe Henner wirklich geliebt!«

Während sie diese Worte hervorstieß, füllten sich Juliane Welkes Augen mit Tränen. Zog sie eine Show ab oder waren ihre Gefühle für den Ermordeten echt gewesen?

Enno schaltete sich ein: »Sie müssen verstehen, warum wir an Ihren Aussagen zweifeln. Einerseits haben Sie sich für ein Leben mit Henner Welke auf Borkum entschieden, andererseits setzten Sie Ihre kriminellen Aktivitäten im Internet ungehindert fort. So ist es doch, nicht wahr?«

Die ruhige, tiefe Stimme des Oberkommissars schien die Verdächtige etwas zu beschwichtigen. Sie klang nicht mehr ganz so aggressiv, als sie nun wieder den Mund öffnete: »Wie heißt es doch so schön? Die Katze lässt das Mausen nicht. Eine dumme Redensart, die aber einen wahren Kern enthält. Sie denken anscheinend, dass ich mir meine Migräne-Attacken nur ausgedacht hätte, um genügend Zeit für meine illegalen Online-Aktivitäten zu haben. So war es aber nicht, jedenfalls nicht hundertprozentig. Ich leide wirklich an dieser üblen Krankheit. Allerdings sind die Phasen nicht so lang andauernd, wie ich es meinen Ehemann glauben ließ. Ich erholte mich dank der guten Borkumer Luft manchmal recht schnell – und hatte dadurch jeweils einen oder zwei Abende zur Verfügung. Henner war sehr rücksichtsvoll, er hätte mich nicht gestört.«

Kein Wunder, er konnte die Zeit ja in den Armen deiner Freundin nutzen, dachte Mona. Doch sie machte nicht den Fehler, diese Worte laut auszusprechen. Für sie zählte nur, dass Juliane Welke sich nun offenbar öffnen wollte. Ob die Witwe den Ermittlern neue Lügengeschichten auftischte, würde sich noch zeigen müssen. Die Kommissarin fragte: »Also zogen Ihr Gatte und Sie wirklich wegen des Hochseeklimas hierher?«

»Richtig, Frau Sander. Wir haben uns informiert. Die Luft auf Borkum lindert meine Migräne ganz ungemein. Henner hätte mit seiner guten Pension als Oberstudienrat überall wohnen können. Und für mich war es ebenfalls egal – ich kann an jedem Ort Geld verdienen, wo ich ins Internet gelange.«

»Aber es ist gefährlich, solche Betrügereien von Deutschland aus zu begehen«, stellte Mona fest, »das muss Ihnen doch bewusst gewesen sein.«

Juliane Welke lachte, aber sie klang nicht amüsiert: »Es gibt noch eine andere Binsenweisheit, die gut für meine Situation passt: Hochmut kommt vor dem Fall.«

»Das haben *Sie* gesagt, nicht wir«, stellte Mona klar. »Haben Sie sich denn auf der Insel gut eingelebt?«

»Ja, das ist die Wahrheit. Es war eine Umstellung, in so einem kleinen Ort zu leben. Aber meiner Gesundheit tat es gut, und mein Mann schien auch zufrieden. Boule wurde sein neues Hobby …«

»Und wo kommt in dieser Geschichte nun Lothar Roberts wieder ins Spiel?«

Die Witwe antwortete nicht sofort auf Monas Frage. Sie schwieg so lange, bis die Kommissarin nachhakte: »Hielten Sie weiterhin Kontakt zu Ihrem Ex-Freund, nachdem Sie geheiratet hatten?«

»Nein, Frau Sander. Das müssen Sie mir glauben. Lothar … war nicht annähernd so verständnisvoll wie Henner. Er hat meine Migräne nie wirklich als Krankheit ernstgenommen, sondern nur als weibliche Hysterie abgetan. Deshalb habe ich irgendwann die Reißleine gezogen. Ich warf Lothar an den Kopf, dass ich ihn nie wiedersehen wollte. Aber er nahm mich nicht ernst. Doch ich war wild entschlossen, mein Leben zu ändern. Wenige Monate später kam ich mit Henner zusammen, meinem ehemaligen Französischlehrer. Wir zogen nach Borkum. Lothar schrieb mich gelegentlich über einen Messengerdienst an, aber ich ignorierte die Nachrichten. Bis er dann neulich plötzlich vor mir stand.«

»Hatte Ihr Ex gesagt, warum er Sie wiedersehen wollte?«, fragte die Ermittlerin.

»Ich will nicht überheblich klingen, aber ich halte mich für talentierter, als Lothar es ist. Schon im Studium waren seine Leistungen eher unterer Durchschnitt. Er verfügt zweifellos über große kriminelle Energie. Aber wenn es darum geht, eine echt aussehende Verkaufshomepage zu basteln, dann kann er mir nicht das Wasser reichen.«

»Mit anderen Worten: Er wollte Ihre alte verbrecherische Partnerschaft wieder aufleben lassen«, stellte Mona klar.

»Ja, aber ich winkte ab«, behauptete die Witwe. »Ich versuchte, Lothar klarzumachen, wie glücklich ich hier bin.«

»Glaubte er Ihnen?«

»Ich weiß es nicht, Frau Sander. Ich erzählte von meinem Mann und seinem Boule-Hobby, von den Typen, mit denen er spielte, von der guten Luft auf der Insel, dem Reizklima …«

»Und Sie wollten nicht zu Roberts zurückkehren?«, vergewisserte Mona sich.

»Nein.«

»Und was ist mit dem Kuss?«

»Sie … wissen davon? Das war ein schwacher Moment. – Lothar ist eben ein leidenschaftlicher Mann, und ich ließ mich kurzzeitig von seinem Charme einwickeln, so wie in früheren Zeiten.«

»Haben Sie wirklich geglaubt, dass Ihr Ex sich mit einem Kuss zufriedengeben würde?«, fragte Mona direkt. »Roberts scheint mir ein Mensch zu sein, der gern aufs Ganze geht und das Risiko liebt.«

»Ja, so kann man ihn wirklich charakterisieren«, musste Juliane Welke zugeben. »Ehrlich gesagt habe ich mir darüber keine Gedanken gemacht, als wir einander am Strand begegneten.«

»Also bestand Roberts nicht darauf, Sie zu wollen?«

»Nein, das nicht«, behauptete die Witwe. »Lothar sprach davon, dass man nie wissen könne, welche verschlungenen Pfade das Schicksal noch für uns bereithalten würde. Es war eine seiner typischen Phrasen, die alles oder nichts bedeuten konnten. Ich machte mir in diesem Moment darüber keine Gedanken.«

»Also hielten Sie es nicht für möglich, dass Ihr Ex Ihren Ehemann töten wollte, um Sie zurückzugewinnen?«, vergewisserte die Kommissarin sich.

Juliane Welke riss die Augen auf und erwiderte: »Nein, ganz gewiss nicht! Ob Sie es glauben oder nicht – als Sie mir die Nachricht von Henners Tod überbrachten, habe ich bestimmt nicht an meinen Ex-Freund als möglichen Täter gedacht.«

Mona hielt diese Behauptung nicht für besonders glaubwürdig. Die Witwe hatte selbst zugegeben, dass sie Roberts eine ganze Menge krimineller Energie zutraute. Doch gleichzeitig war es aus Juliane Welkes Sicht völlig nachvollziehbar, dass sie der Polizei gegenüber seinen Namen unter den Teppich kehrte. Wenn nämlich der Verdacht auf Roberts fiel, würde seine Ex-Freundin ganz automatisch ebenfalls ins Visier der Ermittler geraten.

»Wir wissen von dieser Begegnung am Strand, die von Roberts herbeigeführt wurde«, sagte Mona. »Hat Ihr Ex danach noch ein wieteres Mal mit Ihnen Kontakt aufgenommen?«

»Nein, das hat er nicht getan«, behauptete die Witwe. Momentan ließ sich nicht beweisen, ob dies eine Lüge war oder nicht. Die Kommissarin versuchte, sich in Roberts hineinzuversetzen. Es wäre wirklich sehr plump von ihm gewesen, nach dem gewaltsamen Tod des Ehemanns sofort bei Juliane Welke auf der Fußmatte zu stehen. Ganz abgesehen davon, dass die Polizei öfter bei ihr vorbeigeschaut hatte. Durch seine Teilnahme an der Pressekonferenz wollte der Täter offenbar den Ermittlungsstand der Kriminalisten erfahren. Doch die Attacke bei Tageslicht im Krankenhaus zeugte nach Monas Meinung davon, dass der Mörder allmählich die Nerven verlor. Oder war seine Selbstüberschätzung so groß, dass er an das Gelingen seines neuerlichen Mordversuchs geglaubt hatte?

Ennos Stimme riss die Kommissarin aus ihren Überlegungen: »Frau Welke, wo könnte Ihr Ex-Freund sich aufhalten? Er wird sich für seine Taten verantworten müssen – aber er benötigt momentan auch medizinische Hilfe. Sie kennen ihn gut. Wo würde er sich vor der Polizei verstecken?«

»Lothar verwendet grundsätzlich Wegwerf-Handys, damit er nicht so leicht zu orten ist«, lautete die Antwort, »und er benutzt öffentliche Telefone, wann immer es möglich ist. Er hat mir nicht verraten, wo er war und was er getan hat, nachdem ich die Beziehung beendete. Aber mein Ex verstand sich immer meisterhaft darauf, seinen digitalen Fußabdruck zu verwischen. Wenn er als Mensch aus Fleisch und Blut auftritt, wird er es genauso machen, schätze ich.«

Mona runzelte die Stirn. Kam es ihr nur so vor oder sprach Juliane Welke immer noch mit einer gewissen Bewunderung von dem mutmaßlichen Mörder ihres Ehemanns? Immerhin war sie mit Roberts zusammen gewesen und hegte vielleicht noch Gefühle, die sie sich selbst nicht eingestehen wollte. Das Schrillen ihres Smartphones brachte die Kommissarin aus dem Konzept. Ein Privatgespräch hätte sie jetzt weggedrückt, sogar einen Anruf von ihrem Freund. Das Telefonat war allerdings dienstlich. Polizeimeister Hauke Knudsen rief an. Er sprach mit gedämpfter Stimme: »Ich bin momentan auf Fahrrad-Patrouille in der Süderreihe. Hier ist die Tür eines Ferienhauses aufgebrochen worden!«

## Kapitel 18

War das die Spur, auf die Mona und ihre Kollegen so dringend warteten? Die Kommissarin hakte nach: »Brennt in dem Haus Licht?«

»Nein, es ist alles ruhig. – Soll ich hineingehen?«

»Keinesfalls, du wartest bitte auf Verstärkung. Falls der Verdächtige sich wirklich dort befindet, müssen wir ihn überrumpeln. Der Kerl, der mit dem Messer auf Aiske losgegangen ist, könnte sich dort verkriechen. – Beobachte bitte weiter das Haus und halte dich im Hintergrund, bis wir bei dir sind.«

Mit diesen Worten beendete die Kriminalistin das Gespräch. Sie berichtete kurz, was sie erfahren hatte, und stand auf.

»Herr Niekamp, möchten Sie vielleicht Frau Welke zu ihren Internetaktivitäten befragen? Wir werden jetzt hoffentlich eine Verhaftung vornehmen!«

»Dabei könnte ich Sie auch unterstützen«, bot der LKA-Hauptkommissar an.

Mona lehnte dankend ab. Sie und Enno waren ein eingespieltes Team. Wenn die beiden und Hauke Knudsen vor Ort waren, reichte das völlig aus – zumal die Kommissarin hoffte, Roberts im Schlaf überraschen zu können. Mona und Enno verließen die Polizeistation und legten den kurzen Weg zu ihrem Fahrtziel schweigend zurück. Natürlich hätten sie die Strecke auch zu Fuß bewältigen können, aber es war besser, den Wagen dabeizuhaben. Roberts' Schusswunde würde im Krankenhaus verarztet werden müssen, also brauchten sie eine Transportmöglichkeit. Doch zuvor stand erst einmal die Verhaftung auf dem Plan. Das Auto rollte durch das nächtlich-stille Borkum. Die niedersächsische Polizei hatte vor einiger Zeit Dienstfahrzeuge mit Elektroantrieb für die Insel angeschafft, daher verursachte der Wagen weitaus weniger Lärm als ein Modell mit Benzinmotor. Enno schaltete auch die Scheinwerfer aus, als er in die Süderreihe einbog. Die Straße wurde von zahlreichen Ferienhäusern und kleinen Frühstückspensionen gesäumt. Hier herrschte nachts praktisch kein Durchgangsverkehr. Im Gegensatz zu ihrem Insulaner-Kollegen kannte Mona nicht jedes einzelne Gebäude. Sie ließ ihren Blick über die friedlich wirkenden Friesenhäuser aus roten Ziegeln schweifen. Einige Straßenlaternen brannten, aber es gab immer noch genügend dunkle Ecken, in denen die Gefahr lauern konnte. Momentan hielt die Kriminalistin nach ihrem uniformierten Kollegen Ausschau. Hatte er es geschafft, unentdeckt zu bleiben? Oder war er von dem Mörder hinterrücks überwältigt worden? Bei dieser Vorstellung krampfte sich ihr Magen zusammen. Sie ermahnte sich, bei den Fakten zu bleiben und sich auf die Gegenwart zu konzentrieren.

Da blitzte ein Stück weit vor ihnen kurz ein Licht auf. Enno bremste, er war zuletzt ohnehin nur Schritttempo gefahren. Die Kommissare stiegen aus, schlossen leise die Autotüren und zogen ihre Pistolen. Polizeimeister Hauke Knudsen hatte seine Taschenlampe nur einen Augenblick lang aufflammen lassen. Er hielt sich an der Schmalseite eines Hauses auf, gegen dessen Wand er sein Fahrrad gelehnt hatte. Der Platz war gut gewählt, der junge Kollege stand so weit wie möglich von der nächsten Straßenlaterne entfernt. Die Ermittler erkannten ihn erst, als sie sich ihm bis auf eine Armeslänge genähert hatten.

»Welches Haus ist es?«, flüsterte Mona.

»Es hat weiß gestrichene Fensterläden und befindet sich dort drüben.«

Mit diesen Worten deutete Knudsen auf die gegenüberliegende Straßenseite. Die Süderreihe war schmal. Mona spähte in die Richtung und versuchte Einzelheiten zu erkennen. Zumindest auf der Frontseite waren alle Fenster geschlossen. Nichts deutete darauf hin, dass dieses Objekt momentan bewohnt wurde. Das Schild mit der Aufschrift FERIENHAUS ZU VERMIETEN konnte man nicht übersehen. Es war der Aufmerksamkeit des Fahrradpolizisten zu verdanken, dass er das defekte Türschloss bemerkt hatte.

Auf dem Festland hätte man in einer solchen Situation ein Sondereinsatzkommando angefordert. Aber es würde zu lange dauern, bis die Spezialeinheit per Hubschrauber Borkum erreichte. Und dann bestand die Gefahr, dass der Täter vor dem Zugriff erneut verschwand. Nein – Mona und ihre Kollegen mussten jetzt zuschlagen, so hatten sie die beste Chance.

»Gibt es einen Hinterausgang?«, wisperte die Kommissarin und deutete auf das Haus.

»Nein, aber man kann natürlich durch die Fenster im Erdgeschoss entkommen«, gab Enno mit derselben geringen Lautstärke zurück. Er fügte hinzu: »Wir sollten davon ausgehen, dass Roberts nur einen Arm hundertprozentig benutzen kann. Es würde also zumindest länger als üblich dauern, wenn er die Fensterläden aufstoßen möchte. Wir müssen einfach schnell sein.«

»Du kennst das Haus gut, oder?«

»Ich hatte vor Jahren dort einen Einsatz, als es noch nicht als Ferienimmobilie vermietet war, Mona. Damals wohnte dort eine alte Borkumerin, die inzwischen verstorben ist. Bei ihr war eingebrochen worden, deshalb rückten wir damals an. – Es gibt im Erdgeschoss eine Wohnstube, eine Küche und einen Abstellraum. Im Obergeschoss sind das Schlafzimmer, ein Bad und ein Kinderzimmer. Die Preisfrage lautet: Nächtigt Roberts im ersten Stockwerk im Bett oder ebenerdig auf dem Sofa?«

»Damit er im Notfall schneller fliehen kann?«, hakte die Kommissarin nach.

Der Ostfriese nickte und sagte: »Ja, das würde ich zumindest an seiner Stelle tun.«

Die drei besprachen noch kurz ihre Vorgehensweise, dann überquerten sie die Fahrbahn. Mona war höchst angespannt, als sie vor der Haustür innehielt. Sie spürte, wie ihr der Schweiß den Rücken hinunterlief. Die aufgebrochene Tür ließ sich leicht aufdrücken.

Mona hielt ihre Pistole in der rechten und die Taschenlampe in der linken Hand. Sie huschte in den Flur. Links von ihr stand die Tür zum Wohnzimmer halb offen. Die Kriminalistin lauschte. Im Haus schien alles ruhig zu sein. Sie richtete den Taschenlampen-Lichtstrahl in den Raum. Dort stand neben einigen anderen Möbeln auch ein breites gemütlich aussehendes Sofa, auf dem sich eine zerknüllte Wolldecke befand. Doch wo war die Person, die dort gelegen haben musste? Im nächsten Moment wurde Mona angesprungen und zu Boden gerissen.

Sie verlor ihre Lampe, die über den Boden rollte und die Kommissarin blendete. Der Angriff war buchstäblich aus dem Nichts erfolgt. Doch bevor Mona die Attacke abwehren konnte, hatte Enno bereits die Person gepackt. Er war kurz hinter seiner Kollegin in das Haus eingedrungen und rang den Aggressor nun mit seinen Bärenkräften nieder.

»Aua, du tust mir weh!«, kreischte eine weibliche Stimme. Damit hatten die Polizisten nicht gerechnet. Mona war nicht etwa von Roberts, sondern von einem jungen Mädchen angegangen worden. Der Lichtkegel fiel nun auf ihr Gesicht. Sie konnte höchstens achtzehn oder neunzehn Jahre alt sein. Sie wirkte verängstigt, was die

Kommissarin nachvollziehen konnte. Enno war eben sehr groß und stark. In der Dunkelheit wirkte er vermutlich noch bedrohlicher.

»Isi, was ist los?!«

Diesen Satz hatte ein junger Mann hervorgestoßen. Er hastete die Treppe hinab, wurde allerdings von Hauke Knudsen gestoppt. Der Unbekannte hob die Hände, als er in die Pistolenmündung des jungen Polizisten blickte.

»Wir sind von der Polizei Borkum«, erklärte Mona, während sie sich vom Boden aufrappelte und ihren Dienstausweis zeigte. »Sind noch mehr Personen im Haus?«

»Nee, nur Marc und ich – hat uns jemand angezeigt?«

Die Kommissarin beantwortete die Frage nicht. Stattdessen schaltete sie die Deckenbeleuchtung an, um sich einen Überblick zu verschaffen. Das junge Mädchen namens Isi hatte offensichtlich im Wohnzimmer auf dem Sofa geschlafen. Isi war nur mit einem T-Shirt und einem Slip bekleidet. Mona deutete auf die Hose, die neben dem Couchtisch lag.

»Zieh deine Jeans an, dann reden wir. – Enno, du kannst sie loslassen.«

Der Ostfriese nickte. Isi massierte ihr Handgelenk, an dem er sie gepackt hatte. Es war nicht nötig, sie zu durchsuchen. Es war offensichtlich, dass sie in ihrer spärlichen Kleidung keine Waffe versteckt haben konnte. Mona warf allerdings sicherheitshalber einen Blick in den Rucksack neben dem Sofa. Er enthielt ebenfalls keine gefährlichen Gegenstände.

Knudsen führte nun den jungen Mann ins Wohnzimmer. Er war mit Boxershorts und einem ärmellosen T-Shirt bekleidet.

»Isi, geht es dir gut?!«, fragte er besorgt. Ihre Antwort bestand darin, dass sie ihm um den Hals fiel und sein Gesicht mit Küssen bedeckte.

»Wir möchten jetzt zunächst eure Ausweise sehen«, forderte der Oberkommissar.

Isi fischte das Dokument aus ihrem Rucksack. Marc ging unter Knudsens Aufsicht ins Obergeschoss zurück und holte seinen Ausweis aus seiner Jacke. Mona überprüfte die Daten, dann sagte sie: »Isabel Meinert und Marc Riem aus Krefeld … Isabel ist erst siebzehn Jahre alt und wurde von ihren Eltern vor einem Monat als vermisst gemeldet. Marc zählt einundzwanzig Lenze. Ihr seid beide polizeilich bisher nicht aufgefallen, wenn man von der Vermisstenanzeige absieht.«

»Wir lieben uns!«, beteuerte Isi. »Können Sie nicht ein Auge zudrücken? Bald bin ich sowieso volljährig. Meine Eltern merken doch überhaupt nicht, wenn ich fort bin.«

»Sie merken es schon, andernfalls hätten sie dich wohl kaum als vermisst gemeldet«, stellte die Kriminalistin klar. »Und wegen des Einbruchs werdet ihr euch verantworten müssen.«

Die beiden senkten die Köpfe. Sie kamen Mona wie begossene Pudel vor. Die Kommissarin ärgerte sich über den Fehlschlag. Sie hatte wirklich gehofft, den Mörder festnehmen zu können.

»Warum habt ihr eigentlich getrennt voneinander geschlafen, wenn ihr euch so sehr liebt?«, wollte Enno wissen.

Marc grinste verlegen und antwortete: »Ich schnarche ganz fürchterlich. Isi hat sich irgendwann ins Erdgeschoss verzogen.«

»So ein Geräusch habe ich nicht gehört, als wir hereingekommen sind«, gab Mona zu bedenken.

»Es passiert auch nicht durchgängig«, behauptete der junge Mann.

Die Kommissarin machte sich keine großen Hoffnungen, trotzdem zeigte sie dem Liebespaar das erkennungsdienstliche Foto von Roberts: »Wir suchen aktuell nach diesem Mann. Er ist sehr gefährlich, hat vermutlich schon ein Menschenleben auf dem Gewissen.«

Isi erschrak sichtlich.

»Den habe ich gesehen!«, stieß sie aufgeregt hervor. »Er kam vorhin hier am Haus vorbei!«

»Wann war das?«, hakte die Ermittlerin nach.

»Ich habe nicht auf die Uhrzeit geachtet. Ich war in der Küche, um ein Glas Wasser zu trinken. Das Fenster dort hat keine Läden. Ich schaute hinaus auf die Straße. Da sah ich ihn kurz im Schein einer Laterne. Ich fürchtete, dass er hereinkommen würde. Aber das tat er nicht – zum Glück.«

»Und du bist dir sicher, dass du diesen Mann hier gesehen hast, Isi?«

»Ich glaube schon. Er hatte ein blutiges Handtuch um seinen Arm gewickelt. Das sah total gruselig aus.«

## Kapitel 19

Für einen Moment herrschte Stille im Wohnzimmer des Ferienhauses. Dann sagte Mona: »Du hast dich vor diesem Mann gefürchtet. Aber trotzdem warst du mutig genug, mich anzugreifen.«

»Ich habe Ihr Parfüm gerochen. Da wusste ich, dass Sie eine Frau sind. Ich hätte es mir zugetraut, es mit Ihnen aufzunehmen. Ich konnte ja nicht ahnen, dass Sie nicht allein sind«, antwortete Isi.

Ihre Meinung war für Mona nicht unbedingt nachvollziehbar, denn auch Kämpferinnen konnten brandgefährlich sein. Aber das spielte in diesem Moment keine Rolle. Wichtig war die Beobachtung, die das junge Mädchen gemacht hatte. Die Kommissarin hakte nach: »In welche Richtung ist der Mann mit dem blutigen Handtuch gegangen?«

Isi deutete stumm nach links. Und plötzlich erkannte Mona, wohin Roberts gewollt haben musste. Sie ärgerte sich, weil ihr dies nicht schon zuvor von selbst aufgefallen war.

Die Kriminalistin wandte sich an Knudsen: »Forderst du bitte Verstärkung an, damit Romeo und Julia zur Wache geschafft werden?«

Der Polizist nickte und griff zum Funkgerät. Isi und Marc schienen den ersten Schock angesichts des Polizeibesuchs überwunden zu haben. Sie ließen sich eng nebeneinander auf das Sofa nieder und begannen, miteinander zu turteln. Während die Kommissare auf die anrückenden Kollegen warteten, sprachen sie leise miteinander.

»Diesen Gesichtsausdruck von dir kenne ich, Mona. Du hast doch bestimmt eine Idee, wo Roberts sich momentan verkriechen könnte.«

»Ja, das stimmt. Juliane Welke hat ja dem Täter einiges über das Boule-Hobby ihres Mannes und dessen Mitspieler erzählt. Dabei könnte sie auch erwähnt haben, dass Ronald Siemers ein Arzt im Ruhestand ist.«

Enno schnippte mit den Fingern und sagte: »Darauf hätten wir schon früher kommen können! Roberts kann von Siemers seine Schusswunde professionell versorgen lassen, ohne dass er eine Arztpraxis oder das Krankenhaus betreten muss. – Und außerdem hat er nun eine Geisel.«

»Falls wir uns nicht irren, dann ist das gar nicht gut«, erwiderte die Kommissarin. »Roberts hat bewiesen, dass ihm ein Menschenleben nichts bedeutet.«

Wenig später erschien ein Streifenwagen, um die Ausreißerin und ihren Freund zur Wache zu bringen. Wahrscheinlich würde es darauf hinauslaufen, dass Isis Eltern benachrichtigt wurden und man das Mädchen per Fähre zurück nach Emden schaffte. Dort konnte sie dann von Mama und Papa in Empfang genommen werden. Ob die Staatsanwaltschaft gegen Marc Anklage erheben würde, konnte Mona nicht beurteilen. Das interessierte sie momentan nicht besonders.

Die Ermittler begaben sich zusammen mit Hauke Knudsen zu Siemers' Wohnhaus. Im Erdgeschoss brannte in einem Raum Licht. Fensterläden gab es nicht, doch die Gardinen waren zugezogen. Mona legte den Zeigefinger an ihre Lippen. Sie presste ihren Rücken gegen die Häuserwand und näherte sich dem Fenster. Enno und Knudsen waren dicht hinter ihr. Eine Männerstimme war aus dem Inneren des Gebäudes zu hören. Sie gehörte nicht dem pensionierten Arzt. Ob er überhaupt noch lebte? Die Kommissarin schob diesen Gedanken beiseite. Stattdessen versuchte sie, sich auf die Worte zu konzentrieren. Offenbar telefonierte Roberts mit jemandem: »Nein, ich bin so weit in Ordnung. Die Wunde tut weh, aber es ist auszuhalten. Hier auf der Insel gibt es einen alten Doc, der mich zusammengeflickt hat … Nein, er lebt. Vielleicht kann ich ihn noch brauchen. Aktuell habe ich ihn in seine Speisekammer gesperrt. Er wollte mir ein Schmerzmittel verpassen, aber ich will einen klaren Kopf behalten. – Wann kannst du hier sein? … Schneller geht das nicht? … Woher soll ich wissen, wie lange du mit deinem Drecksboot bis nach Borkum brauchst? … Nee, die Fähre kann ich auf keinen Fall nehmen. Die Bullen sind nicht blöd, die kennen doch inzwischen mein Gesicht …«

Mona drehte sich um und zeigte ihren Kollegen mit Gesten, was sie vorhatte. Diese Gelegenheit durfte man nicht ungenutzt lassen. Siemers war momentan offensichtlich aus der Schusslinie, wenn er sich in der Speisekammer befand. Und Roberts durfte einfach keine Gelegenheit erhalten, ihn noch einmal in seine Gewalt zu bekommen. Das zweiflügelige Fenster stellte kein unüberwindbares Hindernis dar. Es kam nur darauf an, so schnell wie möglich in den Raum einzudringen und den Verbrecher zu stellen. Am besten, bevor er sein Telefonat beendet hatte. Der Kumpan am anderen Ende der Leitung schien noch nicht davon überzeugt zu sein, dass er Roberts wirklich mit einem Boot abholen wollte.

Mona war zweifellos schneller und wendiger als ihre beiden Kollegen. Nur ihre geringe Körpergröße stand dem Vorhaben im Weg. Sie konnte kaum über die Fensterbank des Erdgeschossfensters schauen. Zum Glück hatte der Ostfriese erkannt, was sie plante. Er verschränkte die Finger seiner Hände ineinander und ging in die Knie, um seiner Kollegin eine »Räuberleiter« zu bieten. Sie nickte ihm dankbar zu, stellte einen Fuß auf seine Hände, hielt sich an seinen Schultern fest und schnellte hoch. Sie schlug mit ganzer Kraft gegen den Fensterrahmen. Das Holz splitterte, die Fensterflügel schwangen auf – und Mona katapultierte sich selbst in den Raum.

Roberts war reaktionsschnell. Er ließ den Telefonhörer fallen und riss das Messer aus seinem Gürtel. Doch da war die Kommissarin schon abgerollt und auf ihre Füße gekommen. Sie zielte auf den mutmaßlichen Mörder.

»Hände hoch, Roberts! Lassen Sie das Messer fallen und knien Sie sich hin!«

Er warf ihr einen heimtückischen Blick zu. Offenbar wägte er seine Chancen ab. Und die waren gar nicht so schlecht, wie die Kommissarin aus Erfahrung wusste. Er hielt die Stichwaffe mit der Hand seines unverletzten Arms. Offenbar ging er davon aus, dass seine Gegnerin sich ausschließlich auf ihre Pistole verließ. Aber das war ein Irrtum. Während er noch zögerte, trat Mona gegen das Gelenk seiner Messerhand. Es flog in hohem Bogen davon.

Gleich darauf wurde die Haustür eingetreten. Enno und Knudsen kamen mit gezogenen Dienstwaffen hereingeeilt. Da begann Roberts zu begreifen, dass er endgültig verloren hatte.

*

Der nächste Morgen begann mit strahlendem Sonnenschein und nur leichten Schleierwolken. Alles deutete auf einen schönen Spätsommer- oder Frühherbsttag hin. Das schöne Wetter passte zu Monas Laune. Seit sie am Vorabend Roberts die Handschellen angelegt hatte, war eine Last von ihr abgefallen. An seiner Schuld zweifelte sie nicht; ob er ein Geständnis ablegen würde, war allerdings noch unklar. Er hatte die Aussage verweigert und einen Rechtsanwalt verlangt, was sein gutes Recht war.

Die Kommissarin stellte ihr Fahrrad neben der ihrer Meinung nach hässlichen Skulptur vor der Polizeiwache ab und betrat fröhlich pfeifend das Wachlokal. Grietje saß hinter ihrem Schreibtisch und blinzelte ihr zu: »Moin, da hat aber jemand gute Laune! Hast du wieder bei deinem Freund übernachtet?«

»Die Lady von Welt genießt und schweigt«, erwiderte Mona. »Gibt es etwas Neues?«

Die Polizeimeisterin blickte auf ihre Notizen und sagte: »Roberts' Strafverteidiger will gegen Mittag einfliegen und gleich hierher kommen. Ansonsten ist Dr. Siemers' Onkel vor ein paar Minuten erschienen, um sich persönlich bei euch zu bedanken.«

Am Vorabend hatten die Beamten den pensionierten Arzt natürlich umgehend aus seinem improvisierten Gefängnis befreit. Er war verängstigt, aber äußerlich unverletzt gewesen. Mona nickte Grietje zu und ging zu ihrem eigenen Dienstzimmer. Dort saß Ronald Siemers auf Ennos Besucherstuhl und plauderte angeregt mit dem Ostfriesen. Als die Kriminalistin eintrat, sprang er wie von der Tarantel gestochen auf.

»Behalten Sie doch Platz!«, bat Mona lächelnd. »Ich hoffe, es geht Ihnen gut.«

»Oh ja«, versicherte Siemers. »Zugegeben: Es war ein seltsames Gefühl, von meinem eigenen Neffen im Krankenhaus gründlich durchgecheckt zu werden. – Dieser Roberts hat einfach bei mir geklingelt, das habe ich Enno gerade schon erzählt. Als ich öffnete, hielt er mir ein Messer unter die Nase und zwang mich, seine Schusswunde zu versorgen. – Als ob ich das nicht ohnehin getan hätte, schließlich habe ich den hippokratischen Eid geschworen.«

»Ansonsten wurden Sie von dem Verbrecher anständig behandelt?«, fragte die Ermittlerin nach.

Siemers zuckte mit den Schultern und antwortete: »Wie man es nimmt. Er fragte mich nach Geld, aber ich hatte nur ungefähr hundert Euro in bar bei mir. Der Kerl steckte die Scheine ein und schob mich in meine Speisekammer. Dort lagere ich hauptsächlich Konserven, ich hätte also auf die Dauer ersticken oder verhungern können. Zumindest war das meine Befürchtung. Dazu ist es ja zum Glück nicht gekommen.«

Nachdem der Mediziner im Ruhestand sich auch bei Mona noch überschwänglich bedankt hatte, verabschiedete er sich. Mona deutete auf eine Reisetasche, die neben dem Schreibtisch ihres Kollegen stand.

»Willst du mich verlassen, Enno?«

Er grinste und sagte: »Nee, die Tasche gehört Roberts. Grietje hatte gestern noch die geniale Idee, einfach mal bei der Gepäckaufbewahrung beim Inselbahnhof nachzufragen. Falls Roberts wirklich keine Urlaubsadresse auf Borkum hat, muss er ja irgendwo seinen Kram unterbringen. Und tatsächlich war dort dieses Teil auf den Namen Lars Vogel deponiert.«

Er öffnete die Reisetasche und zog eine lange Lederschlaufe hervor. Diese befand sich in einem Beutel für Beweisstücke.

»Was ist das?«, fragte Mona.

»Es handelt sich um eine Schleuder«, begann der Oberkommissar und fuhr fort: »Ich weiß nicht, wie bibelfest du bist – aber so ein Hilfsmittel hat angeblich schon David benutzt, um seinem riesigen Feind Goliath einen Stein gegen den Schädel zu donnern.«

»Ah, ich verstehe! Damit kann man nicht nur Steine, sondern beispielsweise auch Boule-Kugeln enorm beschleunigen«, rief die Kommissarin aufgeregt. Sie fuhr fort: »Also musste Roberts gar keine titanischen Kräfte besitzen, um das Geschoss mit so großer Wucht aufprallen lassen zu können. Es reicht völlig aus, die Kugel mit einer Schleuder auf das Opfer zu schießen.«

»Darauf läuft es hinaus«, bestätigte Enno nickend. »Vielleicht wollte er auf Nummer sicher gehen und dafür sorgen, dass Welke auf gar keinen Fall überlebt. Für diesen Zweck eignete sich die Lederschleuder hervorragend. Wenn er die Kugel einfach nur in die Hand genommen und zugeschlagen hätte, wäre die Wucht vielleicht nicht groß genug gewesen, um den sofortigen Tod herbeizuführen.«

Mona kniete sich neben die Reisetasche und zog sich Latexhandschuhe an.

»Hast du noch weitere belastende Indizien gefunden, Enno?«

»Da sind ein paar niederländische Einweg-Handys, ansonsten ein Notebook und anderer Technik-Krimskrams. Außerdem gibt es noch Wäschestücke, frische und gebrauchte.«

»Das sehe ich«, erwiderte die Kommissarin naserümpfend, während sie sich einen Überblick verschaffte. Der mobile Computer war passwortgeschützt. Falls Roberts den Code nicht preisgab, würde sich die Kriminaltechnik mit dem Gerät befassen müssen. Die Ermittler gingen noch einmal ihre bisherigen Aufzeichnungen durch, um sich auf die Befragung vorzubereiten. Um kurz vor zwölf Uhr wurde die Tür aufgerissen.

»Der Herr Rechtsanwalt ist jetzt erschienen!«, verkündete Grietje lauthals. Dann trat sie zur Seite, um den Strafverteidiger hereinzulassen. Weder Mona noch Enno kannten den Juristen, der mit einer Chartermaschine aus Hamburg angereist war. Er stellte sich Ihnen als Dr. Arndt Rösner vor. Nach Monas Einschätzung war er in den Fünfzigern. In seinem maßgeschneiderten Geschäftsanzug wirkte der strohblonde Mann wie der Prototyp eines erfolgreichen Karriere-Anwalts. Nachdem er sich mit den Kommissaren bekannt gemacht hatte, wollte er zu seinem Mandanten gebracht werden.

»Folgen Sie mir bitte.«

Mit diesen Worten brachte Enno den Strafverteidiger zur Arrestzelle. Mona nutzte die Zeit, um kurz im Internet zu recherchieren und Wasser für den Tee aufzusetzen. Wenig später kehrte ihr Kollege zurück.

»Roberts' Verteidiger scheint einer der renommiertesten Juristen an der Elbe zu sein«, informierte sie ihn, »ich habe nämlich seinen Namen mal eben durch die Suchmaschinen laufen lassen.«

»Die Untaten seines Mandanten kann er trotzdem nicht wegdiskutieren«, gab der Ostfriese gelassen zurück. Er fuhr fort: »Und ich bin sicher, dass Roberts gestehen wird.«

»Wie kommst du darauf?«

»Dieser Mann kommt mir sehr eitel vor. Er hat sich große Mühe gegeben, einen Sündenbock aufzubauen und einen lästigen Zeugen für immer verschwinden zu lassen. Wer so handelt, der wird nicht versuchen, seine eigenen Taten kleinzureden.«

Mona gab viel auf das Urteil ihres erfahrenen Kollegen. Trotzdem hatte sie einen Einwand: »Und warum beauftragt er einen so hochkarätigen Strafverteidiger, wenn er sowieso Farbe bekennen will?«

»Ich kenne natürlich die Verteidigungsstrategie von Dr. Rösner nicht, aber auch in einem solchen Fall gibt es Möglichkeiten«, meinte Enno.

Einige Zeit später war das Mandantengespräch beendet. Die Ermittler trafen im Verhörraum wieder auf Roberts und dessen Rechtsanwalt.

Der Armverband des verletzten Mörders war erneuert worden. Dr. Siemers hatte ihm Haftfähigkeit bescheinigt, außerdem durfte er uneingeschränkt befragt werden. Der Verbrecher setzte eine teilnahmslos wirkende Miene auf. Es war, als ob ihn die Ereignisse der letzten Tage völlig kaltgelassen hätten.

»Mein Mandant bereut seine Handlungen zutiefst«, behauptete Dr. Rösner, »er leidet unter einem Liebeswahn und war zu den Zeitpunkten seiner Gewalttaten schuldunfähig. Wir werden ein nervenärztliches Gutachten nachreichen, um dies zu belegen.«

Mach doch, was du willst, dachte Mona. Über das Strafmaß musste ohnehin ein Gericht entscheiden. Ihr kam es jetzt darauf an, aus Roberts' Mund seine Version der Geschehnisse zu erfahren. Doch zunächst belehrte Enno ihn über seine Rechte und wies darauf hin, dass die Aussagen des Verdächtigen als Audiodatei aufgezeichnet wurden.

»Wie kam es zum Tod von Henner Welke?«, wollte Mona wissen, nachdem die Formalitäten erledigt waren.

Roberts ließ sich nicht viel Zeit mit seiner Antwort. Sie vermutete, dass er sich schon in der Arrestzelle seine Worte genau überlegt hatte. »Ich habe wirklich versucht, meine Freundin Juliane zu vergessen. Aber es gelang mir nicht. Ich versuchte, mich abzulenken, und reiste durch die Welt. Es war sinnlos. Also beschloss ich, um meine Liebe zu kämpfen.«

»Wie stellten Sie das an? Juliane Welke wird Ihnen nicht verraten haben, dass sie jetzt auf Borkum lebt.«

»Das ist richtig, Frau Sander. Allerdings darf ich von mir sagen, dass ich ein Händchen fürs Internet habe. Dort war Juliane immer noch aktiv. Und wenn man weiß, wonach man suchen muss, dann kann man auch den Aufenthaltsort einer Person herausfinden.«

»Reden Sie weiter«, forderte die Kommissarin ihn auf.

Roberts sagte: »Ich begegnete Juliane am Strand, was natürlich nicht ganz zufällig war. Ich beobachtete sie, um ihre und die Gewohnheiten ihres Ehemanns auszukundschaften.«

»Das wird nicht so schnell gegangen sein«, gab Enno zu bedenken. »Wo haben Sie während dieser Zeit gewohnt? Wir konnten Ihnen keine Unterkunft zuordnen.«

Der Täter lächelte, als ob der Oberkommissar ihm ein Kompliment gemacht hätte.

»Ich wollte möglichst keine Spuren hinterlassen, Herr Moll. Ich kam nur mit einer Reisetasche und einem Schlafsack auf die Insel. Ich übernachtete unter freiem Himmel in den Dünen, wo ich tagsüber auch meinen Schlafsack versteckte. Ich rasierte und duschte mich im Waschraum vom Campingplatz. Dort fiel ich nicht weiter auf, jedenfalls wollte niemand meine Platzkarte oder Ähnliches sehen.

Meine Reisetasche deponierte ich bei der Gepäckaufbewahrung, wenn ich sie nicht gerade benötigte.«

»Kommen wir auf das Treffen mit Ihrer Ex-Freundin zurück«, schlug Mona vor.

Roberts behauptete: »Ich spürte, dass auch Juliane noch etwas für mich empfand. Andernfalls hätte sie meinen Kuss wohl kaum erwidert, oder? Aber ihr Ehemann musste weg. Ich kenne Juliane. Sie hätte den alten Mann niemals sitzenlassen, es gab also nur diese eine Lösung. Er hat sich sein Grab selbst geschaufelt, indem er mir meine Freundin ausgespannt hat.«

Die Kriminalistin fand die Selbstgerechtigkeit des Mörders zum Speien. Aber momentan zählte nur, dass er so freimütig über seine feigen Taten redete. Roberts fuhr fort: »Inzwischen hatte ich ja herausgefunden, dass Welke sich die Zeit mit Boule-Spielen vertrieb. Ich behielt ihn und seine Freunde im Auge, was nicht weiter schwierig war. Ich setzte mich auf eine Bank am Georg-Schütte-Platz und tat so, als ob ich Zeitung lesen würde. Dabei schnappte ich einige interessante Details auf.«

»Wenn man nicht direkt neben dem Boule-Platz sitzt, kann man die Spieler aber nicht belauschen«, wandte der Ostfriese ein.

Der Täter erwiderte: »Normalerweise nicht. Ich besitze aber ein Richtmikrofon, das nicht größer als ein Kugelschreiber ist. So bekam ich den Streit zwischen Welke und diesem armen Tropf namens Dottum mit. Da entstand mein Plan. Inzwischen wusste ich nämlich, dass die Boule-Kugeln oft graviert sind, um sie ihren Besitzern zuordnen zu können. Also folgte ich Dottum nach Hause. Es war kinderleicht, seine Metallbälle zu klauen. Er bewahrte sie im Schuppen auf.«

»Haben Sie auch Welkes Kugeln entwendet?«

»Ja, Herr Moll. Das war vielleicht etwas übereifrig. Aber als er sich abends wieder einmal fortschlich, um sich mit der Nachbarin zu vergnügen …«

»Das haben Sie also auch mitbekommen«, warf Mona ein.

Roberts schaute sie irritiert an und sagte: »Ja, ist das nicht eine Unverschämtheit? Dieser Mann ist mit so einer wunderbaren Frau wie Juliane verheiratet und geht trotzdem fremd!«

»Sie sind hier wohl der Letzte, der sich ein moralisches Urteil erlauben darf!«, fauchte die Kommissarin. »Fahren Sie lieber fort!«

Das tat er nun: »Ich platzierte die Kugeln in Dottums Abstellraum, um der Polizei die Arbeit zu erleichtern.«

Mona kämpfte ihren Widerwillen gegen diesen Mann nieder und fragte mit erzwungener Ruhe: »Und wie kam es zu der Attacke auf Norbert Blome?«

»Als Juliane und ich uns am Strand küssten, wurden wir von diesem Kerl gesehen. Er wandte sich schnell ab, aber er wurde trotzdem zum Augenzeugen. Das begriff ich erst so richtig, als ich Blome später am Boule-Platz erneut bemerkte. Er erschrak offensichtlich, als er mich auf dem Bahnsteig stehen sah. Er musste mich also wiedererkannt haben. Ich war gerade bei der Gepäckaufbewahrung gewesen und wollte mir anschauen, wie die Polizei am Tatort arbeitet. Ich sah, wie Blome mit Ihnen redete, Frau Sander. Ich rechnete damit, dass er mich sofort verpfeifen würde. Aber das tat er nicht. Also hatte ich noch eine Galgenfrist. Ich vermutete, dass er sich später mit Ihnen treffen würde. Und so war es auch, oder? Auf der Promenade habe ich dann die Gelegenheit genutzt.«

»Wobei Sie Ihr Ziel verfehlt haben.« Diese Bemerkung konnte Mona sich nicht verkneifen. Und sie stichelte weiter: »Wie kamen Sie auf die dumme Idee, Norbert Blome im Krankenhaus töten zu wollen?«

Der Strafverteidiger öffnete den Mund, schien etwas sagen zu wollen. Aber Roberts antwortete bereits: »Ja, das war ein Fehler. Ich neige leider zum Perfektionismus. Als Ihre Kollegin schoss, wurde mir klar, dass ich den Bogen überspannt hatte. Mir blieb nur die Flucht. Zum Glück hatte ich bei meiner Beobachtung der Boule-Spieler mitbekommen, dass Siemers ein Arzt im Ruhestand war. Er steht sogar im Telefonbuch! Ich hatte noch ein zweites Messer bei mir, das ich für alle Fälle bei mir führte. Ich klingelte bei ihm und brachte ihn dazu, meine Wunde zu versorgen. Dann wollte ich einen Freund bitten, mich hier abzuholen. Doch dann kamen Sie und verhafteten mich.«

»Jetzt wäre nur noch eine Frage zu klären: Warum benutzten Sie eine Schleuder, um Welke zu töten?«, wollte Enno wissen.

Der Mörder grinste. Offenbar fasste er es als Lob auf, dass er so eine ungewöhnliche Waffe benutzt hatte: »Ich habe vor längerer Zeit mal einen Survivalkurs besucht, bei dem es um Überleben in der Wildnis ging. Da lernte ich, wie unglaublich effektiv ein so simples Instrument wie eine Schleuder sein kann. Es ging mir darum,

Julianes Mann mit einer einzigen gezielten Aktion ins Jenseits zu befördern. Ich befürchtete, dass es zu lange gedauert hätte, einfach mit der Kugel in der Hand zuzuschlagen. Auf jeden Fall wollte ich eine Boule-Kugel benutzen, die Dottum gehört. Darauf basierte mein ganzer Plan.«

»Ich denke, dass mein Mandant für den Moment kooperativ genug war«, schnarrte der Strafverteidiger. Auch Mona war froh über eine Pause – und darüber, Roberts vorübergehend nicht mehr sehen zu müssen. Während der Mörder zurück in die Arrestzelle gebracht wurde, gingen die Kommissare in ihr Dienstzimmer. Enno klopfte seiner Kollegin aufmunternd auf die Schulter: »Das Geständnis haben wir auf Band, der Fall ist gelöst.« Er fügte bedauernd hinzu: »Nur der Tee ist inzwischen kalt geworden.«

»Dann müssen wir eben frischen kochen«, gab Mona lächelnd zurück.

ENDE

**Ostfrieslandkrimi-Empfehlungen des Klarant Verlages**

Lernen Sie die Ostfrieslandkrimi-Serie **»Mona Sander und Enno Moll ermitteln«** von **Sina Jorritsma** kennen:

Friesische Inselidylle? Von wegen! Auf der ostfriesischen Insel Borkum lösen Kommissarin Mona Sander und ihr Kollege Enno Moll knifflige Mordfälle. Die emotionale Kommissarin geht bei der Verbrecherjagd gerne ihren eigenen Weg und scheut dabei kein Risiko … Bei der Krimireihe der Autorin Sina Jorritsma ist Hochspannung garantiert!

In der Serie sind bereits folgende Ostfrieslandkrimis erschienen:

**»Friesenbraut«, Band 1**
Taschenbuch-ISBN: 978-3-95573-557-9
eBook-ISBN: 978-3-95573-556-2

Auf der ostfriesischen Insel Borkum verschwindet eine Braut kurz vor der Eheschließung. Zunächst glauben die Kommissare Mona Sander und Enno Moll noch an einen dummen Streich. Aber wenig später wird das blutverschmierte Brautkleid gefunden. Ist die dunkelhaarige Schönheit einem Gewaltverbrechen zum Opfer gefallen? Die Inselkommissare finden Indizien, die aber nicht zusammenpassen. Hat der undurchsichtige Exfreund der Braut seine Hände im Spiel? Wer war an den geheimen Sex-Spielen im Ferienhaus beteiligt? Und welches Interesse verfolgt der machtbesessene zukünftige Schwiegervater? Dann findet die Polizei eine Leiche – und muss feststellen, dass die Dinge ganz anders sind, als sie auf den ersten Blick scheinen. Die Mörderjagd versetzt nicht nur die friedliche Nordseeinsel in Aufruhr, sondern wird auch zur persönlichen Herausforderung für Mona Sander. Sie wird selbst zur Zielscheibe des Mörders …

**»Friesenkreuz«, Band 2**
Taschenbuch-ISBN: 978-3-95573-552-4
eBook-ISBN: 978-3-95573-600-2

**»Friesenlauf«, Band 3**
Taschenbuch-ISBN: 978-3-95573-553-1
eBook-ISBN: 978-3-95573-618-7

**»Friesenflirt«, Band 4**
Taschenbuch-ISBN: 978-3-95573-542-5
eBook-ISBN: 978-3-95573-541-8

**»Friesenwahn«, Band 5**
Taschenbuch-ISBN: 978-3-95573-622-4
eBook-ISBN: 978-3-95573-623-1

**»Friesenstalker«, Band 6**
Taschenbuch-ISBN: 978-3-95573-688-0
eBook-ISBN: 978-3-95573-701-6

**»Friesenjuwel«, Band 7**
Taschenbuch-ISBN: 978-3-95573-764-1
eBook-ISBN: 978-3-95573-765-8

**»Friesenwrack«, Band 8**
Taschenbuch-ISBN: 978-3-95573-796-2
eBook-ISBN: 978-3-95573-797-9

**»Friesenbarbier«, Band 9**
Taschenbuch-ISBN: 978-3-95573-833-4
eBook-ISBN: 978-3-95573-832-7

**»Friesenstrand«, Band 10**
Taschenbuch-ISBN: 978-3-95573-875-4
eBook-ISBN: 978-3-95573-876-1

**»Friesenlist«, Band 11**
Taschenbuch-ISBN: 978-3-95573-934-8
eBook-ISBN: 978-3-95573-935-5

**»Friesenblues«, Band 12**
Taschenbuch-ISBN: 978-3-95573-954-6
eBook-ISBN: 978-3-95573-955-3

**»Friesenanker«, Band 13**
Taschenbuch-ISBN: 978-3-96586-009-4
eBook-ISBN: 978-3-96586-010-0

**»Friesenkoch«, Band 14**
Taschenbuch-ISBN: 978-3-96586-105-3
eBook-ISBN: 978-3-96586-106-0

**»Friesenwürger«, Band 15**
Taschenbuch-ISBN: 978-3-96586-146-6
eBook-ISBN: 978-3-96586-145-9

**»Friesentango«, Band 16**
Taschenbuch-ISBN: 978-3-96586-164-0
eBook-ISBN: 978-3-96586-172-5

**»Friesenbrauer«, Band 17**
Taschenbuch-ISBN: 978-3-96586-201-2
eBook-ISBN: 978-3-96586-202-9

**»Friesendiebin«, Band 18**
Taschenbuch-ISBN: 978-3-96586-276-0
eBook-ISBN: 978-3-96586-277-7

**»Friesenpoker«, Band 19**
Taschenbuch-ISBN: 978-3-96586-321-7
eBook-ISBN: 978-3-96586-322-4

**»Friesenleiche«, Band 20**
Taschenbuch-ISBN: 978-3-96586-355-2
eBook-ISBN: 978-3-96586-356-9

**»Friesentrick«, Band 21**
Taschenbuch-ISBN: 978-3-96586-408-5
eBook-ISBN: 978-3-96586-409-2

**»Friesenschatz«, Band 22**
Taschenbuch-ISBN: 978-3-96586-450-4
eBook-ISBN: 978-3-96586-451-1

**»Friesenmagier«, Band 23**
Taschenbuch-ISBN: 978-3-96586-485-6
eBook-ISBN: 978-3-96586-486-3

**»Friesenruine«, Band 24**
Taschenbuch-ISBN: 978-3-96586-513-6
eBook-ISBN: 978-3-96586-514-3

**»Friesenraub«, Band 25**
Taschenbuch-ISBN: 978-3-96586-549-5
eBook-ISBN: 978-3-96586-550-1

**»Friesenrichter«, Band 26**
Taschenbuch-ISBN: 978-3-96586-560-0
eBook-ISBN: 978-3-96586-561-7

**»Friesenhummer«, Band 27**
Taschenbuch-ISBN: 978-3-96586-614-0
eBook-ISBN: 978-3-96586-615-7

**»Friesenkugel«, Band 28**
Taschenbuch-ISBN: 978-3-96586-627-0
eBook-ISBN: 978-3-96586-628-7

**Klarant Verlag**

Lernen Sie die Ostfrieslandkrimi-Titel des Klarant Verlages kennen und besuchen Sie uns im Internet unter:

**www.ostfrieslandkrimi.de**

**und**

**www.klarant.de**

Sie können dort Näheres über unsere Autorinnen und Autoren erfahren, viele weitere interessante Bücher und eBooks finden und Leseproben herunterladen. Mit dem kostenlosen Newsletter auf

**www.ostfrieslandkrimi-lesen.de**

erhalten Sie aktuelle Informationen rund um das Verlagsprogramm, wie beispielsweise spannende Neuerscheinungen und Gewinnspiele.